「我が地を祓え舞い散る花片《スリプティーエ》よ」
光がナラウアスの身体を包む。

魔弾の王と天誓の鷲矢《アクイラス》 2 瀬尾つかさ

原案／川口士　イラスト／白谷こな
キャラクターデザイン／八坂ミナト

Presented by Tsukasa Seo / Illust. = Conaca Shiratani / Based on story = Tsukasa Kawaguchi / Character Design = Minato Yasaka

「二千騎と共に移動して、七日くらいでしょうか。
往復で十四日、調査に日数をかけるとそれ以上……
うーん、確たる証拠もなしに動くには遠いですねえ」

「天の御柱まで、どれくらいかかると思う」

リムは何も言わずに
ティグルを見つめている。
彼女の服を左右に押し広げると、
透き通るような白い乳房が
月の光に照らしだされた。

ダッシュエックス文庫

魔弾の王と天誓の鷲矢《アクイラス》2

瀬尾つかさ

アスヴァール王国↗
ソフィーと合流
王都カル＝ハダシュト
タラブルス
ティグルとリム、
港町タラブルスより
上陸する
スパルテル岬
天の御柱
エリッサと再会
ティグルとリムは
聖地『天の御柱』を目指す
カル＝ハダシュト拡大図

Character

Lord Marksman and Aquilas juratios

ティグルヴルムド=ヴォルン

ブリューヌ王国のアルサスを治めるヴォルン家の嫡男。17歳。家宝の黒弓を手に、リムと共にアスヴァールの内乱を戦い抜き、英雄となる。

リムアリーシャ

ジスタートのライトメリッツ公国の公主代理。20歳。武芸百般に通じ、様々な武器をそつなく使いこなす。

エリッサ

ジスタートの商人の少女。17歳。銀色の髪と褐色の肌を持つリムの友人にして教え子。才気煥発だが、何者かにカル=ハダシュトへと誘拐された。

ネリー

アスヴァール内乱の折、暗躍していた謎の人物。弓の王。飛竜を操り、ジスタートの戦姫たちを苦しめるほどの弓の腕前を持つ。エリッサと行動を共にしていたことがある。

もうひとつの建国神話

建国物語について、われに語って欲しい?

構わないが、あまり面白い話にはならぬと思うよ。それでもいいなら、酒で舌がなめらかな限りは語ってみせようか。

まず、建国物語とはなにか、という話になる。

現実にあったことである、と天下の人々に知らしめ、王権神授の正統性と国家としての体裁を整えるために用意されたもの。

これは前提として構わないね?

まあ、そこまでわかっているからこそ、われの話を聞きたいということになるのだろうからね。

その通りだ。

この地における建国物語もほかのものと同様、多かれ少なかれ、誇張《こちょう》や脚色《きゃくしょく》と長い歳月の間に伝承の変質が起きている。

それらは意識的なものもあろうし、誤解もあろう。

われとしては、この地の過去の人々が隠したものを暴きだすことにそれほど興味を抱いていないのだ。

それは、われが望まぬ類いの混乱を招くだろうからね。

話を戻そう。

建国の王妃ディドーはいたのか、という問いについては、否、である。

ディドーに相当する者はいたらしい。

らしい、というのはわれも直接、会ったわけじゃないからだ。

われの出した遣いの者が会ったその女は、力でその座に座ったという話だよ。

一代で成り上がったのだと、自ら語ったとのことでね。彼女は、もともと高貴な生まれなどではなかったということだ。

権力者が出自を騙《かた》ることなど、よくあることだろう。そのあたりは気にしても仕方がない。

かくいうわれも……いや、われの話はどうでもいいな。

建国物語においてきみたちがいちばん興味を持っているであろう部分、神々の関与について話をしよう。

結論から言えば、神々は関与《かんよ》した。

この地に人々が根づいた経緯とこの地の森が今に至るまで守られた経緯は、きみたちが認識しているものと大差ない。

この地に眠るといわれる名を失った神は、漂着した哀れな敗残者たちを受け入れ、この地で生きることを許した。

そのかわり、人々にはこの地の人ならざる者たちと手をとりあうこと、己に対してある種の契約をもって仕えることを約束させた。

うん、その通り。その契約の証《あかし》こそが七本の矢だね。

名を失った神は、部族を率いていた七人の女性に七本の矢を与えて、この地の人々の統治者とした。

なぜ、統治者を七人も用意したのか。そこが重要なところでね。

答えは簡単なんだ。


統治者がひとりでは、争いが起こらないだろう？


まだわからないかい？

では、詳しい仕組みを語ろうか。

この地を支配する、今は名を失った神が構築した、ものごとの仕組みさ。

戦を起こして、人々が血を流す。

戦とは、神を讃《たた》える儀式なのだ。

その神に仕えるとは、そういうことだった。

非道だと罵るかい？

そもそも、神が人の心を介すなどと、どうして思った？

当時の民は理解していたよ。理解して、自分たちに課せられた宿命を受け入れた。彼らには、ほかに生きる手立てがなかったからね。

かくして神は、人々が流す血をもって、己の力とした。

もっとも、その神はほどなくして亡くなったんだ。

そう、この地の神は死んだ。もういない。

人々は、それでも儀式を続けた。

神の言葉を忘れ、儀式の始まりを忘れ、それでも習慣だけは残った。

戦を続け、血を流し続け、力を与え続けた。

どこに、って？

そりゃ、ここさ。この大地そのものにさ。

だからこの地にはおそるべき力が残っている。今を昔に還《かえ》すこともできるような、とてつもなく強大な力がね。

それは何百年も儀式を繰り返し、ずっとずっと貯め込んだ、とてもおおきな力なんだ。

その力を使う者はすでになく、これからも使われることなく、ずっと残り続ける。

だったら、それを頂いてしまっても構わないだろう？

序章　カル＝ハダシュト炎上

夜になっても、カル＝ハダシュトの都は燃えていた。

黒煙が立ち昇り、雲となって夜空を覆い尽くす。地上の炎の光がその黒雲に反射して、空は禍々《まがまが》しい朱色に輝いていた。

人々の悲鳴と怒号は止むことなく続いている。

付近の海上で待機する数十隻の商船が、その様子をなすすべもなく見守っていた。

時が経つにつれ、船員の間で不安が広がっている。

情報を集めようにも、内港の門はぴったりと閉じられ、商港とも軍港とも連絡がとれない。一介の商人にすぎない彼らには、手の打ちようがなかった。

状況が動いたのは、日が沈んでだいぶ経ってからのことである。

陸の南門が開き、焼け出された民がどっと外に溢れだしたのだ。

着《き》の身《み》着のままの褐色の民たちである。母が泣き叫ぶ赤子を抱きかかえ、懸命《けんめい》に宥《なだ》めていた。子が親の名を呼び彷徨《さまよ》っていた。老婆が途方に暮れて立ち尽くしていた。

ここぞとばかりに商船のうち何隻かが陸地に近づき、小舟に水と食料を山積みして避難民のもとへ向かった。

商業の都カル＝ハダシュトに来るような活力に溢れた強欲商人たちだ。平常時の倍や三倍、ものによっては十倍もの値段をつけて、都から逃げてきた人々から金をふんだくってやろう、という魂胆である。

もう少しまともな考えの商人は、救援の物資を少し分けてやる対価として避難民から話を聞き、内部の情報を集めようとしていた。

まずはなにが起きているか知ることだ。

場合によっては船を別の町に移動させた方がいい。ほかの船に先んじて動くことができれば、それだけ利益が増えるというものである。

そんな商人たちに紛《まぎ》れて、灰色のローブで身を包み、フードを深くかぶった人物がひとり、小舟で陸に降り立った。

この人物がほかと違ったのは、その白い手に大きな錫杖《しやくじよう》を手にしていることである。この地の人々の肌は浅黒いが、フードの隙間からみえるその人物の肌は北大陸《ネステール》特有の白肌であった。

しかも、女だ。

今は豊満な身体つきをローブで隠しているが、彼女が若い女で、しかもやんごとない身分の人物であることを小舟の商人たちは知っていた。

すぐ近くに港があるのだから、普段、この海岸に上陸する者などいない。

小舟の船底が砂の上に乗り上げても周囲には海面が広がるほどの、遠浅《とおあさ》の砂浜であった。波が引いたときでも、陸まで四、五歩の距離がある。

「ここから跳ぶのですね」

アスヴァールの言葉で女が言った。小舟を操る白肌の船乗りが片眉を上げる。

「はい、戦姫様。近づけるのはここまでです」

戦姫と呼ばれた女は、頭を振った。

「少し頭痛がしますね。まるで嵐が来る前のようです」

「北大陸《ネステール》から来る人でも、特に耳が敏感な人はそう言いますね。この地は、いつも嵐の前のようだと。じきに慣れますよ。それより、お手をお貸ししましょうか」

「いえ、やってみましょう」

女は潮の加減を読んで、小舟が浅瀬に近づいた瞬間、跳躍《ちょうやく》した。手にした錫杖で宙を掻き、かろうじて砂の上に着地してみせる。

革靴とローブがずぶ濡れにならずに済んだことに安堵《あんど》した。

船乗りの用語で『荒い上陸』と呼ばれる上陸方法であった。彼女の跳躍する様子をみて、船乗りは円卓の騎士ベディヴィアに感謝の祈りを捧げる。

「流石《さすが》ですね。戦姫様、どうか、お気をつけて」

「あなた方こそ、幸運あれ」

彼女を気遣《きづか》う商人たちに対して、そう返事をする。

戦姫と呼ばれた女の名を、ソフィーヤ＝オベルタスという。ジスタート王国の戦姫にして、ポリーシャ公国の公主である。

親しい者は、彼女をソフィーと呼ぶ。

ソフィーはある目的を持って、外交官としてこの国に赴《おもむ》いた。

本来は堂々と名乗って入国するべき立場である。しかしこの非常事態において正規の手続きを取っている暇はないと、そう判断した。

故《ゆえ》にこその、隠密行動である。

ソフィーはひとり、夜間にもかかわらず大きく開かれた門に向かった。

カル＝ハダシュトの都から次々とあふれ出てくる褐色の肌の人々を、これまた褐色の肌の兵士たちが、なすすべなく眺めている。

本来であれば夜間の出入りを厳しく制限している彼らであるが、この非常時に平時と同じことをしているわけにはいかない、かといって上から降りてくる命令もない、といったところだろうか。

兵士たちすら、ひどく混乱しているのだ。

「誰が門を開けたのだ。開けてよかったのだろうか」

「『砂蠍《アルピラ》』の仕業だろうさ。こうして外に出た民に紛れて逃げる算段だろう」

「おのれ『砂蠍《アルビラ》』め、好き勝手やりおって。我らの兵舎を制圧していただけでは飽きたらず……。追いかけなくてよいのか」

「優先するべきは民の命だ、相違《そうい》あるまい？」

この地の言葉で、そんな会話が交わされている。ソフィーは風に乗って聞こえてきたその話で、おおよその事態を理解した。

「七部族のひとつが仕掛けた結果、ですか」

†

カル＝ハダシュトは褐色の肌の民が住む国だ。厳密には、同じ褐色の肌でも、おおきく分けてふたつの民が住んでいる。

広大な草原に住む騎馬の民と、都市部に住む商家であった。

ここの兵士たちは商家に雇われた者たちで、『砂蠍《アルビラ》』とは騎馬の民のうち、もっとも有力な七つの部族のひとつに数えられる者たちであった。

今の季節は冬。

北大陸のジスタートでは、すでに雪が深く降り積もっているはずだ。しかし南大陸《メリデール》のすぐ西に存在するこの島、カル＝ハダシュト島では事情が違う。

森の木々は冬でも緑豊かに生い茂り、果実はおおきく実る。一年を通して肌寒さを覚えることは滅多《めった》にない。この国の人々は、雪などみたこともない者たちばかりであった。

七つの大部族を中心とする騎馬の民は、そんな大地に広がる草原で牧畜を営み、狩猟を行う者たちである。

一方の商家は、都市に定住する者たちである。こちらは騎馬の民から一段下にみられていた。

現在、七つの大部族の指導者たちが、カル＝ハダシュト島でも最大の都市カル＝ハダシュトの都に集まっているという。

七部族会議。

『天鷲《アクイラ》』、『一角犀《リノケイア》』、『赤獅子《ルベリア》』、『剣歯虎《サベイリ》』、『砂蠍《アルピラ》』、『黒鰐《ニーゲラ》』、そして『森河馬《ハイポータ》』。

これら七つの部族を代表してこの国を治める双王《そうおう》の死去に伴い、次の双王を決めるための話し合いが、この都で行われるはずであった。

その七部族のうちのひとつ、『砂蠍《アルピラ》』が、カル＝ハダシュトの都の内部で戦を仕掛けた。

おそらく、その相手はほかの六つの部族のどれか、あるいはすべて。

草原の民は都市そのものに興味を抱かないらしい。馬の上で生き、戦で死ぬのが至上の喜び、そんな考えの人々であると、事前に彼女はアスヴァールの商人たちから聞いていた。

カル＝ハダシュトの都では、ここ数日、祭りが行われている。

七部族会議は商家にとって祝祭なのだ。

彼女をこの地まで運んでくれた船も、祭りで財布の紐が緩んだ人々の落とす金を目当てに、北大陸からはるばるこの地を訪れた商人たちのものである。

そんな彼らは、昨日よりカル＝ハダシュトの都を目の前にして、立ち往生していた。

都の内港に続く門がぴたりと閉じられてしまったのである。

老練な船乗りたちが、「この門が閉じられることなど、戦のときだけと聞いていたのだが……」と困惑していたほどの事態である。ほかの船とも連絡をとりあい、情報を集めようとしたものの、これまで芳しい成果はあがっていなかった。

深夜になって、同じく閉じられていた陸側の南門が唐突に開いた。

着の身《き み》着のままの人々が門の外に溢れ出す。

「好機ですね」

ソフィーはただちに小舟を出すべきだと船長に進言し、それは受け入れられた。

そして現在、彼女は無事に上陸したのである。

「さて、こちらは白肌の女がひとり。怪しまれなければいいのだけれど」

錫杖を手に、門に近寄る。

篝火《かがりび》が焚《た》かれ、門のまわりは昼のように明るい。だが錫杖を手にした女に注意を払う者はひとりもいなかった。皆、自分たちの面倒をみるだけで手一杯だったのである。

本来は周囲を警戒するべき兵士たちすらも、その多くが不安に駆られおろおろとするばかりであった。ごくわずかに理性を保った兵士がいたものの、彼らは外に避難した民に遠く へ行かないよう、懸命に声をかけていた。

無事に街壁の門をくぐる。

石造りの市街地が、街の北側で燃え上がる炎に照らされて、夜の闇から浮かび上がっていた。幸いにして、火災はこのあたりには到達していない。街の南北を分断する運河が邪魔をしているのだろう。

人々は門から外に出ることに必死で、彼女のことなど気に留めない。

兵士たちはどこでも右往左往していたり、人々の誘導に忙しかったりで、こちらも侵入者を怪しむ様子は微塵《みじん》もなかった。

それでも彼らの注意を惹《ひ》くことのないよう、慎重に動く。

誰かから情報を引き出せればいいのだが、あいにくと避難するだけで精一杯の人々に、ものごとを気に留める余裕はなさそうだった。

それに、北大陸の民であり白肌であるソフィーの容姿は、褐色の肌の民しかいないこの場所では、ひどく目立つに違いなかった。

カル＝ハダシュトの都のなかには白肌の民が集まる歓楽街もあると聞く。木を隠すなら森のなか、というものである。たしか歓楽街は港の近くであったはず。

「それに、情報を集めるなら、騒動の中心に近づくべきね」

ソフィーは都の外から観察して把握した限りの、おおよその都市の見取り図を頭のなかで描いた。

今、いるのは南門から入って少しのところだ。

内港は都の東側で、先刻、おおきな爆発があったのは内港でも北の方であったはず。

カル＝ハダシュトの都に詳しい船員によれば、そこには軍港があり、多くの軍船が停泊しているに違いなかった。

都の港は軍港と商港に分かれており、両者を行き来する門は普段、かたく閉じられているという。軍港のまわりの警備は特に厳重で、商港に降りた船員たちが近づこうものなら警備の兵に弩弓を向けられ威嚇《いかく》されるとのことであった。

今であれば、どうだろうか。

「商港に向かい、そこから軍港の様子を探るとしましょう」

そう決断し、分かれ道を東に曲がった。

†

エリッサは褐色の肌の少女だ。

現在、十七歳。ジスタートで商人をしていたが、突如として誘拐され、はるか南の地、カル＝ハダシュト島に連れてこられた。

彼女はそこで、部族の長にあたる先代の弓巫女《アルディア》から、自分の出自を教えられた。弓巫女にな りやすい血筋の最後のひとりがエリッサ、この地の名ではディドーであるという。実際、その弓巫女が病で死去したあと、弓巫女になったのはエリッサであった。

後にあらゆる面で『天鷲《アクイラ》』を改革することになる、弓巫女ディドーの誕生である。

弓巫女になる、とはカル＝ハダシュトに伝わる七本の矢の一本が彼女のなかに収まるということだ。弓巫女が己の腹から自在にとり出すことができる、不思議な力を持つ矢である。矢ははるか昔、建国の際にこの地の神から与えられたもので、部族にとっての象徴であった。

エリッサの部族は、カル＝ハダシュトを代表する七つの騎馬部族のひとつで、『天鷲《アクイラ》』という。彼女が得た矢の力は、天を自在にはばたく鷲に準じた力を持っていた。風吹く天を自在に舞い、狙ったところに落ちる矢である。

神から矢を授かった弓巫女と、その矢を射るため部族から選ばれた魔弾《デウリア》の神子。

この両者が部族を治めるのが、カル＝ハダシュトの七部族の習わしであった。そして、七部族からひと組の双王が選ばれ、カル＝ハダシュトという国全体を統治する。

だが、エリッサが弓巫女ディドーとなった直後のこと。

カル＝ハダシュトの双王が崩御《ほうぎよ》した。

新たな双王を決めるため、話し合いが行われるはずだった。

しかしその前に、同じく七部族のひとつである『一角犀《リノケイア》』が、『天鷲《アクイラ》』を襲撃した。

『一角犀《リノケイア》』の魔弾の神子《デウリア》であったギスコは、話し合いではなく武力によって双王の座につこうとしたのだ。

『天鷲《アクイラ》』の魔弾の神子《デウリア》はギスコとの一騎討ちに敗れ、命を失った。

続く会戦でも手痛い敗北を喫した『天鷲《アクイラ》』の進退は窮まり、部族存亡の危機のなか、弓巫女ディドーは『天鷲《アクイラ》』という部族全体を逃走させた。

騎馬の民である彼らは定住せず、女や子どもと共に草原のあちこちを移動する。『天鷲《アクイラ》』はひたすらに撤退を続け、カル＝ハダシュト本島の東方、南大陸の西端に逃げ延びた。

その地で、転機が訪れる。

エリッサは、恩師であるリムアリーシャと、ティグルヴルムド卿に再会した。

ふたりは、北大陸のジスタートで攫《さら》われたエリッサを捜しに、わざわざ南大陸までやってきたのだ。共に前年のアスヴァール内乱で活躍した英雄であり、ジスタートにある七つの公国のひとつ、ライトメリッツ公国の重要な役職についているというのに。

そんなふたりに、エリッサは弓巫女ディドーとして嘆願した。

『天鷲《アクイラ》』のため、力を貸して欲しい。この部族を救って欲しい。そう願った。

ふたりはそれを承諾した。

英雄たちはまたたく間に『天鷲《アクイラ》』をまとめると、『一角犀《リノケイア》』を打ち破った。

かくして『天鷲《アクイラ》』は、ふたたびカル＝ハダシュト本島に戻った。

リムアリーシャは『一角犀《リノケイア》』の弓巫女となり、ティグルヴルムド卿は『天鷲《アクイラ》』と『一角犀《リノケイア》』、双方の魔弾《デウリア》の神子を兼任することとなった。

その後、カル＝ハダシュトの都で七部族の弓巫女と魔弾《デウリア》の神子が集まり、七部族会議が開催されることとなる。

だが会議は、七部族のひとつ、『砂蠍《アルピラ》』の決起によって崩壊した。

『砂蠍《アルピラ》』は商家の一部と組んで軍艦を奪い、カル＝ハダシュトの都に火をつけ、七部族会議に参加したほかの弓巫女と魔弾《デウリア》の神子たちを暗殺しようとした。

これに対して、エリッサをはじめとした残る弓巫女と魔弾《デウリア》の神子は、一時的に手を組み、反撃を開始する。

†

ティグル、リム、マシニッサと共にネリーが軍港へ向かう、その少し前のことである。

陽が沈んだ少し後の酒場にて。

周囲が作戦の準備を進めるなか、『天鷲《アクイラ》』の弓巫女ディドーこと褐色の肌の少女エリッサは、ひとり呑気《のんき》に火酒《ウオトカ》をあおっていたネリーを捕まえて、しばしふたりきりで語り合った。

　エリッサとネリー、ふたりの出会いは、一年と少し前のことである。

　この南国カル＝ハダシュトよりはるか彼方、北大陸の北国であるジスタートの辺境にて。

　馬車一台、部下三名で行商をしていた当時十六歳の少女は、とある町で、三十代の前半にみえる女が露店商人にぼったくられかけているのを発見し、声をかけた。

　それがきっかけとなって、ふたりは意気投合《いきとうごう》、少しの間、共に旅をした。

　出会ってからしばらくは、ネリーが凄腕の弓手だということも、ジスタートの王宮を破壊した弓の王を名乗る者であることもエリッサは知らなかった。

　とある村でエリッサが山賊に襲われかけたとき、ネリーと、そして通りがかった斧使いの少女オルガによって救われた。

　以降、ネリーとオルガは、エリッサのちいさな隊商の護衛となった。

「ネリー、それにオルガも。ふたりとのお別れは、突然すぎました。ネリーにはまだ満足にお礼も言っていませんでしたね」

　エリッサは改めてそう告げる。

「すべて、われとオルガが勝手にやったことさ。きみが気にすることではない」

　それは、立ち寄ったとある町でのこと。

　横暴な代官によって、エリッサの隊商の一員が拘束された。

それも彼女がもっとも信頼する人物、幼いころは乳母として、長じてからは懐刀《ふところがたな》として活躍していたジョジーという女性であった。

このままではジョジーの身が危うい。それどころか、代官はエリッサ自身にもその邪悪な手を伸ばすかもしれない。

夜、ネリーはオルガと共に、エリッサに黙ってこっそりと宿を抜け出すと代官の屋敷に乗り込み、これを壊滅させ、ジョジーを無事に救い出した。

そして、このまま隊商にいては迷惑がかかるからと、その夜のうちに挨拶もないまま姿を消したのである。

この日、七部族会議の場で再会するまで、エリッサはずっと彼女に負い目を感じていた。ひとこと、礼を言いたかった。ところが会議の場では、それどころではなく……その後も戦いに次ぐ戦いであった。

「気にくわない代官がいたから、感情のままに叩きのめした。そのまま町にいては追っ手がかかるから、尻尾《しっぽ》をまいて逃げ出した。それだけのことさ」

「ネリーの言う、それだけのこと、がなければ私の大切なジョジーが無傷で帰って来ることは難しかったでしょう。私と先生の関係を知るジョジーがいなければ、私が攫われたとき、ライトメリッツの公宮に駆け込んでくれる者はいなかったに違いありません。結果的に、ティグルさんと先生が私を助けるため、はるばるこの地に赴くことはありませんでした」

「因果《いんが》は巡る、か」

ネリーは面白そうに笑うと、杯を傾けて火酒をあおった。この人物が強い酒を浴びるように呑んでも平気なことを、エリッサはよく知っている。

「ありがとう、ネリー。あなたのおかげで、今の私があります」

エリッサは頭を下げた。

「ようやく言えました」

今しか言えないと思った。彼女と自分たちが共闘できるのはこの戦いの間だけだという、奇妙な確信があったのだ。

「きみは律儀《りちぎ》だね」

「商人は貸し借りを忘れません。ことに友人に対する恩義は」

「こんな状況になってもなお、自分を一介の商人だと言い張るのだから、そこがきみのいいところだ。普通はできないことだよ」

エリッサは小首をかしげた。自分はいつだって商人以外のなにものでもないと、心から信じているのだ。たとえ弓巫女となり、『天鷲《アクイラ》』を率いる立場となっても、である。

「ところで、ネリー。あなたは私がこの地にいると、いつから知っていたのですか」

「早くに知っていれば、もう少し別の対応をしたのだけれどね。『天鷲《アクイラ》』の新しい弓巫女について確たる噂《うわさ》を聞いたのは、ここ最近なんだ。会議を開催するために情報を集めていたら、びっくりするような話が出てきたものだよ」

「はやく教えて欲しかったです」

「われのことを知ったら、きみは良くとも、きみの尊敬する先生は警戒するだろう？」

ネリーは、ちらりと横をみた。少し離れた酒場のテーブルで、ティグルとリムがほかの者たちと熱心に打ち合わせをしている。

「まあ、そうですね。ネリーがなにをしてきたのか、だいたい聞きました。納得しました」

「へえ、納得、なんだ」

「さっきの七部族会議でも言いましたけど、私がネリーのなかに感じていたちぐはぐなことが、あのときようやく、全部繋がってみえたんです」

ネリーは目を細めてエリッサをじっとみつめてきた。

試されているように感じて、エリッサはぴんと背筋を伸ばす。

神殿の講義の補習で、リムがエリッサに対して、ものごとの仕組みをどこまで理解しているか訊ねたときのような感覚である。あのころと同様、まっすぐに行くことにした。

「ネリーはずっと昔、どこかの国の支配階級にいたんですね。その国で、当時の人々は、今よりずっと神様と近しい関係を築いてきていたのではないですか」

ネリーはほんのわずかの間、杯に目線を落とした。

「どうしてそう思った？」

「ネリーがさっき語った昔話がすべて真実とするなら――私は真実だと確信していますが――この国のなりたちに関わったネリーのいう主とは、神様か、あるいはそれに近い存在でしょう。ごめんなさい、かまをかけてみました。あとはネリーの反応が全てです」

「このわれが、醜態《しゅうたい》を晒《さら》したね」

「本当は隠したいことなら、最初から口を閉じていたでしょう。それを、あんな思わせぶりに、この地の人々に対して主導権を握ろうとするような語り口で情報を開示したのです。最初から、ここまではバレてもいいと思っていたのでしょう？」

「きみの言いようは、商人のそれじゃないな」

「相手の思惑を理解することは取引の基礎です。ところでその神様って、私の知っている神様ですか」

「ずばりと聞くねえ」

「あ、本当にそうなんですね。そうなると、神様の名前は……」

エリッサは声を潜め、テーブルの対面のネリーに顔を近づけた。

ネリーの双眸《そうぼう》をじっと眺めたあと、少女は、ああ、とため息をつく。

「聞かない方がいいってことですね。ひょっとして、ティグルさんの弓と関係があったりしませんか？　だからネリー、あなたは弓の王を名乗っていたのでは？　大丈夫です、少なくともネリーと別れるまでは先生たちには黙っていましょう。こんなところで喧嘩を始められてもお互いに困りますからね」

「鋭すぎるのも考えものだよ。正直、その情報はもうしばらく伏せておきたいんだ」

「ですよね、わかります」

ネリーは苦虫を噛み潰したような表情になった。

「きみは、その鋭すぎるおしゃべりのせいで暗殺されないか、われは不安でたまらなくなってきたよ。もう少し自重したまえ」

「ネリーが相手だからここまで言うんです。ほかの人にはしませんよ」

「それは、われに対する信頼かね」

「ネリーになら殺されてもいいかな、ってことです」

普段は飄々《ひょうひょう》としてつかみどころのない女が、きょとんとした顔になった。二度、三度、まばたきをしたあと、こんどは渋い顔になる。

「そういうことをみだりに言うものではないよ」

「ネリーには一度命を救われて、次にはジョジーも救ってもらいましたからね」

潮時だろう。エリッサはネリーから顔を離し、立ち上がる。

「全然、恩を返せていなくて心苦しいですが……。これからネリーがやろうとしていることがなんであれ、心情としては応援します。でも弓巫女ディドーとしては、先生やティグルさんの協力者としては、別の結論を出すかもしれません」

「それは当然のことだね。今のきみは、ひとりの指導者なのだから。もう少しその自覚を持った方が、きっときみのまわりのひとたちも心が安らぐことだろう」

「そのひとたち、私をこの国に誘拐してきたんですよねえ」

首をかしげてそう言うと、ネリーはけらけら笑った。

「だからといって、きみはその立場から逃げなかった。それどころか、部族の人々を鼓舞して、不可能を可能にしてみせた。少なくともわれが集めた情報は、そう告げている。実際のところ、どうなんだい」

「どうもこうも、私は自分にできることをやっただけです。たまたま上手くいきました。でも、次も上手くいくなんて思えません。指導者なんて、てんで向いてないんです」

「そう思っているのは、きみだけではないかな」

「客観的な分析、だと思うんですけどねえ。少なくとも王様なんかより商人の方が向いているはずです」

「王様なんか、ね」

なぜかネリーの視線が生暖かいものになった。

「まあ、いい。考え方は、人それぞれだ」

「私、ネリーには肯定して欲しかったなあ」

エリッサは肩を落とす。

「きみが先生と呼ぶあの女性は、ジスタートに戻れば公主代理《アドワール》なのだろう？　君主としての責務について、きみとて多少は聞いているのではないかね」

「そうですね、リムアリーシャ先生はあまり仕事のことを話してくれませんけど、多少は。ティグルさんといっしょにアスヴァールで戦っていたときのことも少し教えてくれましたけど……そういえばネリーは、あのふたりのことをどう思っているんですか」

「今代の弓は、あれのいい使い手になるだろう。まだまだ力を引き出せていないが、それも時が解決するだろう。きみの先生は、凡人だね。だが精一杯、背伸びをして生きるその様は、そう悪くない」

「若くして公主代理の職務を全うしている先生を凡人、と」

　エリッサは苦笑いした。

「でも、ネリーにしてはかなり素直に褒めてますね。おふたりをそんなに気に入りましたか」

「言葉の裏を読むんじゃないよ」

「でも、ふたりとは協調できないというわけですね」

　ネリーは黙って酒を呑む。

　まあ、これはわかっていたことである。

「ところで、今更ですけど。ネリーは七部族会議でなにを提案するつもりだったんですか。双王になりたい、とかいうことでしたら、私は是非とも誰かに押しつけたかったので、積極的に援助するつもりでしたが……」

エリッサの言葉に、ネリーは不敵な笑みを浮かべた。やはり、とエリッサは思う。ネリーの提案は、きっとエリッサの希望とは真逆のものだ。

どのみち、七部族が相争《あいあらそ》うことは避けられなかったということである。

それがネリーにどんな利をもたらすのかはわからないが、ここまで軽かった彼女の口が急に重くなったことから考えて、きっとろくでもないことなのだろう。

「どうしたものでしょうかね。ネリーの目的について、もっとはっきり聞くべきなんでしょうけど」

エリッサは首をひねる。

そのとき、酒場の外から伝令の傭兵が飛び込んできた。

「残念ですが、談笑の時間は終わりですね」

エリッサは彼のもとへ駆けつける。

商港の方で騒ぎが起こったらしい。『天鷲《アクイラ》』の傭兵が商家の者と衝突しかねないとか。弓巫女である自分が仲裁《ちゅうさい》に赴くべきだろう。

「それじゃ、ネリー。あとはよろしくお願いします」

「ああ、きみも気をつけたまえ。くれぐれも、護衛はつけるように」

それが、カル＝ハダシュトの都でエリッサとネリーが話した、最後の言葉となった。

†

しばらくして、深夜、軍港で爆発があってから少し時が経ったころ。

弓巫女ディドーは、次々と舞い込む調停に追われていた。

カル＝ハダシュトの都の東南部。

商港の近くの公園、その一角に天幕が張られている。『砂蠍《アルピラ》』の暗殺者への対策として四方の家の屋根に見張りを配置していた。

天幕のなかで、エリッサはため息をつく。

「なんで、こうなるんですかねえ」

彼女のまわりには四本の蝋燭台が置かれ、その揺らめく火が弓巫女の衣装に身を包んだ彼女を四方から照らし出している。

商港は『砂蠍《アルピラ》』との戦いの最前線であった。そこに近いこの場所が、もっとも効率のいい拠点なのだ。

北部で発生した火災は未だこちらまで及んでいない。その間に、火の通り道となる建物は容赦なく破壊されていた。かくして一帯の安全は確保され、双王代理としての弓巫女ディドーが差配《さはい》する本陣がここに構築された。

商家たっての願いであったのだ。

なにせ商家同士でも無数の利権やしがらみが関わり、その上で『天鷲《アクイラ》』の傭兵、部族民の兵士、渡来《とらい》の白肌の商人たちが抱える護衛、これらが皆、総指揮者としての双王を、かりそめであってもその代理を希望していた。

弓巫女ディドーは、彼らにとってちょうどいい裁定者であったのだ。

彼女の護衛としてついてきてくれた『天鷲《アクイラ》』の戦士長ナラウアスは「商家の間で話をつけるやりかたでは、時間がかかるのです。本来はこれこそが双王の役割なのです」と語る。

その双王を決める会議が決裂に終わった以上、弓巫女の誰かがやらなければならない、というのは理屈に合っていた。

とはいえ、最年少の彼女に押しつけるようなことではないと思う。

「仕方がありません。我々は千人も傭兵を引き連れています」

ナラウアスが言う。

「今、この都で一番、力が強い弓巫女は『天鷲《アクイラ》』の弓巫女であるディドー様なのです」

「傭兵を連れてきたのは、万一の用心だったんですけどねえ」

「その万一に、ここまでのことが起こるとは想像もしていませんでした。結果的には用心が正解でした」

「そうである以上、やるべきことはやらなくてはならない、そうする責任がある、ということですね。理屈ではわかっています。ただの愚痴《ぐち》です」

次の者がやってきた。商家の兵をまとめる、壮年の男性だ。

男性はエリッツサから数歩離れて跪《ひざまず》き、うやうやしく頭を下げる。エリッツサは男性が修飾たっぷりの挨拶をしようとしたところを遮《さえぎ》り、さっさと本題に入るよう促《うなが》した。

「今は時が貴重です。礼儀は気にせず、端的《たんてき》に申しなさい」

「怪しい女を発見し、尋問しようとしたところ、とり逃がしました。白肌の女で、妖術を使うようです。多くの人員を割《さ》いて捜索しておりますが、まずは失態のご報告をと……」

エリッツサはナラウアスと顔を見合わせた。

「白肌の女、ですか……？」

「妖術とは、具体的になにが起こった？」

ナラウアスが報告者に訊ねる。

「報告によれば、兵が近づいたところ、女は霞《かすみ》のようにかき消えたと……」

エリッツサは小首をかしげた。

「それで、妖術ですか」

「兵がそう噂しております」

「わかりました。なんらかの陽動を考慮しましょう。一応、捜索は続行で。白肌ということは、『砂蠍《アルピラ》』の手の者という可能性は低いですが……。他所の密偵《みってい》だとしても、今、そんな者たちを相手にしている余裕など、我々にはないはずですが……」

「奴らは弓巫女様に害をなす者である恐れがございます。特に北の地は教養も神への祈りもない蛮地《ばんち》、粗野《そや》で残虐《ざんぎゃく》な者ばかりでありますれば」

むしろ自分は北から攫われてきたんだけどなあ、とこれは口に出さず、しかしさすがにここまで言われて黙っている気はなかった。

「それは白肌の傭兵を使う私に対しての諫言ですか？　それとも白肌の魔弾《デウリア》の神子ティグルヴルムド卿を頂く『天鷲《アクイラ》』に対する批判でしょうか？　はたまた、『一角犀《リノケイア》』の白肌の弓巫女であるリムアリーシャ様についての——」

男は慌てて首を横に振った。

「滅相《めっそう》もございません。失礼いたしました」

男はそさくさと天幕から出ていく。エリッサはため息をついた。

「北大陸に対する偏見、こんなものですかね」

改めてナラウアスに訊ねる。

「皆が皆というわけではございません」

「それにしても妖術、ですか。聞いたことがありますか？」

「いえ、存じません。都の噂には疎《うと》く、申し訳ございません」

ナラウアスは縮こまっていた。彼に八つ当たりをしても仕方がない、この男は真面目すぎるだけだと思い直す。

「ティグルさんや先生の話では、いろいろ化け物とかいるらしいんですけどねえ。でも、こんな人がいっぱいの都市に出るものでしょうか。あとで聞いてみた方がいいですね」

それはそれとして、とエリッサは肩をすくめてみせる。

「なんでしょう、気になるんですよねえ」

「妖術が、ですか」

「消えた白肌の女、というところがです。そもそもこんな時期に都を徘徊《はいかい》している女って、どう思います？」

「逃げ遅れた娼婦《しょうふ》では？　港の近くには娼館が無数にあります」

「そのあたりの避難は優先し、徹底したのでしょう？」

港からほど近いあたりの歓楽街は、犯罪者やそれに類する者たちが潜伏するには格好の場所だ。騒動が起こってから早々に、商家が草の根を分けてでも不埒者をみつけるぞと、大がかりな捜索が行われた。

効率よく潜伏者を割り出すため、歓楽街の人々は、その全員が火の手から遠い場所に強制的に避難させられたと聞いている。

「そうでなくても、火事場泥棒や強盗の出没を警戒しなきゃいけない状況です。ああ、そうですね。女の泥棒なら納得はいきますか」

そのとき、ナラウアスが無言で剣を抜いた。エリッサをかばうように前に出る。

直後、天幕の左右の布が切り払われて、細身の剣を手にした全身黒ずくめの男たちが四人、一斉に飛び込んできた。

「弓巫女殿、お覚悟！」

「鉄鋏隊《てつきょうたい》か！」

ナラウアスが叫ぶ。鉄鋏隊は『砂蠍《アルピラ》』の精鋭で、隠密任務を得意とする暗殺部隊だ。今日、エリッサはなんども彼らに襲われた。だがあのときはティグルやリム、ネリーといった頼もしい仲間たちがいた。彼らに任せていれば大丈夫だと信じきることができた。

ナラウアスは迫る黒ずくめの男たちをひとり、ふたりと切り伏せる。

だが三人目の男の刃がその肩を浅く切り裂き、彼の脇を抜けた四人目がエリッサに迫った。細身の剣を突き出し、身体ごとぶつかってくる。

エリッサは怯えた悲鳴をあげて、かたく目をつぶった。

こんなところで死ぬのか。

せっかくティグルとリムが、はるばる彼女を救いに来てくれたのに。せっかくネリーに会えたのに。

だが、刺突《しとつ》の痛みは来なかった。

かわりに、乾いた音が耳朶《じだ》を打つ。

おそるおそる目を開けると、いつの間にか、灰色のローブを着た人物が、フードを深くかぶり背中を向けて目の前に立っていた。

その人物の手にした錫杖が、黒ずくめの男の刃を受け止めていたのである。

「あなたは……？」

エリッサはきょとんとして、灰色のローブの人物をみつめる。

返事のかわりに、その人物は動きを止めた黒ずくめの男を蹴り飛ばすと、そのまま錫杖で殴りつけた。ナラウアスが素早くその黒ずくめの男に肉薄し、剣で薙ぎ払う。

男は断末魔の声をあげ、天幕の外で倒れ伏した。

「お怪我はございませんか」

フードの奥から、女の声がした。エリッサを助けた人物が振り向く。その拍子にフードがとれて、金色の長い髪が露《あらわ》になる。

金髪碧眼の白人の女性であった。

周囲を見渡し、これ以上の襲撃はないことを確認したあと構えを解く。騒ぎを聞き天幕に入ってこようとした商家の者たちが、突如として現れた正体不明の女に驚いて、警戒するように剣を構えた。

エリッサは彼らに対して、彼女は問題ないとうなずいてみせる。

「助けに入っていただき、ありがとうございます。あなたのおかげで私は命を失わずに済みました。このお礼は……」

そのとき、エリッサの視界の片隅で、ナラウアスが片膝をついた。エリッサの信頼する戦士は、浅く切られた肩を押さえて呻く。

しまった、とエリッサは心のなかで舌打ちする。彼が鉄鋏隊の者に一撃を受けたことを、すっかり失念していた。

「『砂蠍《アルビラ》』の毒です！　誰か！　すぐ解毒薬を……」

「毒、ですか」

白人の女性が呟《つぶや》いた。

「少々、お待ちください。これは、わたくしからの誠意でございます」

白人の女性はナラウアスのそばに寄ると、錫杖を両手で握った。

「我が地を祓え舞い散る花片よ《スリプティーエ》」

錫杖から眩い白光が広がった。

光がナラウアスの身体を包む。ナラウアスが、あっけにとられた様子で白人の女性をみあげた。

「毒が、消えました」

呆然として、そう呟く。

「完全に解毒できたはずです。この錫杖の力です」

エリッサは、はっとして白人の女性とその手にした錫杖を交互にみる。

「竜具《ヴィラルト》」

その呟きを聞き取ったのだろう。白人の女性はエリッサに振り向き、うなずいてみせた。

「竜具をご存じでしたか」

「ええ、戦姫様。私はこんな肌ですが、ジスタート人です。それに一時期ですが、オルガと共に旅をしていましたから」

「オルガと……。ということは、あなたはエリッサ殿？」

「今は弓巫女ディドーと名乗っております」

白人の女にそう告げたあと、唖然《あぜん》としている周囲の者に命じる。

「襲撃者の死体の始末を。それと、別の天幕に案内してください。このお方は、ジスタートにおいて我ら弓巫女にあたる身分の者と、そう心得て接するようにお願いします」

†

商家の者たちが大慌てで別の天幕を用意する間に、白人の女は自己紹介した。

自分の名は、ソフィーヤ＝オベルタス。

ジスタート王国の戦姫にして、ポリーシャ公国の公主であると。

「親しい者にはソフィーと呼ばれております。わたくしのことは、遠慮なくソフィーと呼んでください」

「わかりました、ソフィー。私のことは、エリッサともディドーとも、どう呼んでくださっても結構です。敬語も結構ですよ」

エリッサは戦姫ソフィーヤに情報を開示した。

自分は『天鷲《アクイラ》』の弓巫女ディドーとして、商家の兵士と傭兵のこの場における実質的な統率者であること。『砂蠍《アルビラ》』が商家の一部と組んでほかの六部族の弓巫女と魔弾《デウリア》の神子の命を狙い、失敗すると軍艦を奪って逃走しようとしたこと。

そしてティグルやリムは、現在、それを阻止するため軍港に向かったこと。

「援軍が来るという話は、先生やティグルさんから聞いていました。あなたがそうだったのですね、ソフィー」

「ええ、エリッサ。誘拐されたあなたを助けるためにリムとティグルヴルムド卿がこの地に赴いたのは承知しているわ。でも、そのあなたが弓巫女になっているなんて、思いもしなかった」

加えて、とエリッサは語る。

先ほど軍港で起きた爆発から判断して、おそらくティグルたちがなんらかの成果を挙げたこと。もっともその後の状況はよくわかっておらず、エリッサはこの商港に近い市街地に釘づけになってしまっているということ。

「ソフィー、『砂蠍《アルピラ》』の部隊が、あちこちで火を放っているそうです。かく乱のためでしょう。こちらはその対応で手一杯なのです」

「そういうことなら、微力ながらわたくしも力を貸すわ。商港への門は開いているかしら」

「ええ、商港はこちらが制圧しました。ですが商港と軍港を隔《へだ》てる海門は閉じたままです。下手に海門を開けてしまうと、『砂蠍《アルピラ》』が商港を通って外海に逃げる可能性があります」

　軍港と外海を繋ぐ海門には、商家の精鋭が立てこもり抵抗を続けている様子であるという。そこを死守している限り、『砂蠍《アルピラ》』は軍艦で脱出することができない。

　膠着状態を続けていれば、いずれ息切れするのは数が少ない『砂蠍《アルピラ》』の方であろう。そういった推測のもと、カル＝ハダシュトの都を守護する商家の大部分は弓巫女ディドーの指揮の下で港全体を取り囲もうとしていた。

「懸念のひとつは、未だティグルさんや先生が軍港から脱出できていない様子であるということです。ほかに魔弾の神子《デウリア》がふたりもついていますから、無事だとは思っていますが……」

　そこまで言って、ふと気づく。まだ開示していない情報があった。黙っていても後ですぐわかることなので、今のうちに話しておこう。

　無用になる手札は、さっさと切っておくべきである。

「その魔弾《デウリア》の神子のひとりは、弓の王を名乗っていた人物です」

ソフィーの口から奇妙な声が漏れた。エリッサは構わず情報を畳みかける。

「私はネリーと呼んでいて、去年、ジスタートに侵攻してきたアスヴァールの軍を率いていたそのひとが、『剣歯虎《サベイリ》』の弓巫女と魔弾《デウリア》の神子を兼任して、ついでに『赤獅子《ルベリア》』の魔弾《デウリア》の神子でもあるのです。だからそうそう『砂蠍《アルピラ》』に遅れはとらないと思うんですよ」

ソフィーは目を白黒させていた。

ポリーシャの戦姫は聡明《そうめい》で機転が利くとリムから聞いていたのだが、さすがにもう少し段階を踏んで説明した方がよかったかもしれない。

事実をありのままに告げただけなのだが、この場合、その事実というものが、いささか常軌《じょうき》を逸《いっ》していた。

「あなた方が弓の王を名乗る者と呼ぶ人物は、ここではネリーと名乗り、ふたつの部族の魔弾《デウリア》の神子でかつ、ひとつの部族の弓巫女でもある重要人物ということです。ええと、ネリーは少なくともこの戦いの間は味方ですので、そこは安心してくださいね。私、彼女の友人として、さっき言質をとりましたから」

ソフィーは、おおきく息を吐いた。

「エレンから聞いた、弓の王を名乗る者と旅をした商人の話……。あれがエリッサ、あなたのことなのは先ほども確認したわけだけど……」

「そのあたりのことは、またいずれ。そういうことですので、軍港の方でなにが起こっているかはともかく、いざというときにリムアリーシャ先生たちの脱出を支援しつつ、『砂蠍《アルピラ》』を降伏させるまでの絵図を描かなきゃいけないわけです。でも私はもちろん軍のことなんてさっぱりですし、そこのナラウアスも草原での戦い以外は不得手《ふえて》とのこと。商家の兵も海軍の一部が敵にまわるのは予想外だったみたいで、加えて商家同士の利害の調整なんかもあって、大胆な動きがとれないわけです」

そこまで言って、一度、言葉を切る。一拍置いて、訊ねた。

「ソフィー、この状況でどう動きますか？　私の代理としてここの全権を預かって頂けると助かりますが、それ以外のやりかたもあると思います。正直、私にはなにが一番いいのかわかりません」

エリッサの正直な言葉に、ソフィーはしばし黙考する。

「北大陸の者がこの場の指揮を執ることは、混乱を招くだけだわ」

「少なくとも、『天鷲《アクイラ》』の傭兵は大丈夫ですよ。北大陸からの出稼ぎも多いですし、先生が鍛《きた》えた人たちですから」

「でも商家の兵は違う、と。そういうことね。であればわたくしは、独自に動くべきだわ。弓巫女ディドー殿、わたくしが独立して行動できるよう、一筆いただけますか」

「今はそれが最善ということであれば、もちろん。戦姫の力は、オルガをみて理解していますから」

エリッサはナラウアスが差し出した羊皮紙に走り書きをして、ソフィーに渡す。

羊皮紙の裏には『天鷲《アクイラ》』の紋様が描かれている。弓巫女ディドーの発行する公文書という扱いである。

「商家の兵士に聞かれたら、これをみせてください。ソフィー、あなたが他国の外交官で、弓巫女と同じような地位の人物であると同時に、魔弾《デウ》の神子《リア》のように腕が立つと記してあります。可能な限り便宜を図ってくれるでしょう。ナラウアス、怪我はもう大丈夫ですか？」

「はい、ソフィーヤ殿のおかげです」

ナラウアスは肩に包帯を巻いていたが、動作に不自由はなさそうだった。

「彼女のことを、周囲の兵に説明してきてください」

ソフィーは厚く礼を言って、その場を辞《じ》した。ナラウアスは彼女と共にエリッサのもとを離れ、商家の者たちと二言、三言話してすぐ戻ってくる。

「さきほどの、毒抜きの力が兵にも伝わっていたようです。すぐ納得してくれました。ですが、彼女を自由にさせて、よろしかったのですか」

「彼女の腕はあなたもみたでしょう？　魔弾《デウ》の神子《リア》のように腕が立つのは本当のことですよ。ジスタートの者であれば誰でも知っていることです。問題は……」

エリッサはソフィーが出ていった天幕の入り口を眺めて、おおきく息を吐きだした。

「彼女、ネリーのことを話すとき、少し怖い顔になっていました。そういえば、彼女と彼女の軍はネリーと激しくやりあったんでしたね。ばったり顔を合わせて、その場で喧嘩にならないといいですけど」

「喧嘩、程度で済むのでしょうか」

ナラウアスが額に手を当てて呻く。エリッサは肩をすくめてみせた。

「さあ、私にはわかりません。ただの商人なんですから」

「また、そんな意地悪なことをおっしゃる」

「本音なんですけどねえ」

ほどなくして、新しい天幕ができたという報告が入った。

エリッサとナラウアスはそちらに移り、指揮を続ける。

†

ソフィーが出発してから、しばしの後。

弓巫女ディドーの新しい天幕に、『砂蠍《アルピラ》』が商港の海門に攻撃を仕掛けた、という報告が入った。

「いよいよですね」

「援軍を送りますか」

「その前に、ナラウアス、あなたが詳しい様子を訊ねてきてください」

ナラウアスが様子を聞きに外へ出ている間、別の者たちがエリッサの護衛に入る。

商家の信頼できる者たちであるという屈強な男たちが四名。エリッサは気軽に彼らに挨拶し、現状について訊ねた。

「商家の方々、『砂蠍《アルピラ》』の毒への対策は充分にできていますか」

「はい、『天鷲《アクイラ》』から提供された処方箋《しょほうせん》に従い、解毒薬が配られております。おかげで何名も命拾いいたしました。心からの感謝を」

『砂蠍《アルピラ》』以外の部族は、この毒への対策を熟知している。対して『砂蠍《アルピラ》』の脅威に晒されることがない商家は、この部族が使う毒物への知識が不足していた。幸いにして、材料はこれほどの都であれば簡単に手に入るもので、調合も難しくはない。

ほどなくして、ナラウアスが商家の隊長を連れて戻ってきた。

「商港の海門への襲撃ですが、これの撃退に成功しました」

エリッサはその報告を聞いて安堵する。またひとつ、危機を乗り切った。

詳しく聞けば、商港での戦いは一時危機に陥ったものの、金髪で白肌の女が錫杖を振るい、先頭に立って『砂蠍《アルピラ》』相手に戦ってくれたという。

「彼女は『一角犀《リノケイア》』の弓巫女の友人で、魔弾の神子《デウリア》に匹敵する勇士です。積極的に協力してあげてください」

　商家の隊長にそんな指示を出しておく。彼はうやうやしく礼をして、ナラウアスのかわりに護衛してくれた兵と共に天幕から去った。

「ソフィーには、彼女なりの考えで動いて貰って正解だったみたいです」

　エリッサが彼女に渡した羊皮紙のおかげで兵の信用も得たようで、現在は彼女を軸として商港の海門の防衛体制が構築されているという。

「まず力で信頼されて、それから肩書きをもって信用を得る。やっぱりこの順番がいいんですかねえ」

「当然です。意図してのことだったのでは？」

　護衛に戻ったナラウアスに訊ねられ、エリッサは首を横に振った。

「私は全然。ソフィーの判断が正しかった、ということですね。さすが戦姫です」

　それから一筆したためると、伝令の兵にそれを手渡した。

「念のため、ソフィーにこの文書を渡してください」

　文書を手にした伝令が天幕を出ていったあと、ナラウアスを振り返る。

「さて、外で見聞きしたことをもとに、教えてください。『砂蠍《アルピラ》』の動きはどうみるべきですか」

「追い詰められているのでしょう。本来であれば、彼らは軍港側の海門の制圧に専念すればばいいはず。なのに、それ以外のところに戦力を割いている」

「ほかの可能性は」

「指揮系統が混乱している、これ自体が陽動である、などが考えられます」

「ソフィーがいなければ商港の海門を取られていた、となると陽動とは考えにくいのではありませんか」

「はい、ですのであくまで、ほかの可能性、に留まります。十中八九、軍港の海門を開くことを断念しての、起死回生の一手でしょう。先ほど商家の者から聞いたのですが、軍港の海門に関しては、非常時に開閉装置そのものを破壊する仕掛けが施《ほどこ》されていたようです。それが作動したのではないかと」

ナラウアスの言葉の意味を、エリッサは正確に理解した。

「商家は、軍事力に勝る相手に軍港を占拠されるような事態を想定していた、ということですね。彼らがそこまで警戒する相手とは、つまり七部族です。私たちが商家を襲うことを想定していて、その対策もきっちり練っていたということ。だから彼らは、この手札をギリギリまで隠した」

表向き、商家は双王と七部族に従順である。この国では部族民が都市部の人々の上位に立ち、他国における貴族の地位にあるのだ。

その裏で、商家は膨れ上がった財貨を投入し、こうして七部族への対策を練っていた。

これが露呈《ろてい》したことで、七部族の商家に対する態度はどう変化するだろうか。

エリッサとしては、まあ商人が貴族を相手におとなしく従うはずもない、と当然視していたのだが、それは彼女が他国から来た商人の心を持つ者という事情があるからである。

この国で生まれ育った七部族の者たちの感情を想像することは、彼女には難しい。

「商港側が襲われたことで、商家はこれ以上、切り札を隠すことができなくなった」

『砂蠍《アルピラ》』も窮地に陥っているが、商家も苦しいところなのだろう。

『天鷲《アクイラ》』はエリッサが弓巫女ディドーとなってから、商家の一部との取引を頻繁《ひんぱん》に重ねている。

今回、ナラウアスに情報を提供してくれた者も、その商家の者たちである。人と金で繋がっているというのは、こういうときに強い。

「いよいよ追い詰められた『砂蠍《アルピラ》』がどんな手段に出るか、ですが……」

エリッサの言葉の途中で、なにかが崩れ落ちるおおきな音が天幕のなかにまで響いてきた。

「なにが起きたのです！」

エリッサは外に顔を出す。空が白み始めていた。その薄明りに照らされて、商港と軍港の境目のあたりで灰色の煙が立ち昇っているのがみえる。

「あれは、なんですか」

「商港と軍港を隔てる内門が破壊されたようです！　今、応援の部隊が向かいました！」

商家の兵の隊長が叫ぶ。

「待ってください。そこの門が破壊されたということは、軍艦が商港に突入するということでは？」

「は、はい」

奥の手を使うなら、今だ。エリッサは瞬時に決断する。

「ソフィーに合図を送ります。ナラウアス」

少女は己の腹に手を当てた。

淡い輝きと共に、彼女の手に一本の矢が握られる。その『天鷲《アクイラ》』の矢の鏃《やじり》に黄色い粉状のものを擦《こす》りつけると、ついてきたナラウアスに手渡した。

ナラウアスはそれを己の弓につがえ、天高く矢を放つ。

『天鷲《アクイラ》』の矢は『風纏《かぜまとい》』の力を持つ。黄色い粉は部族に伝わる特殊な薬品だ。

ナラウアスによって放たれた矢は、その先端から黄金色の輝きを放ち、風に乗り、おおきな弧を描いてぐんぐん飛翔すると、商港を横切り彼方の海へ飛んでいった。

矢の通った道は、黄金色の筋となって夜空に鮮やかな軌跡を残した。

「これでいいでしょう。あとはソフィーが適切な措置を施してくれるはずです」

「い、今のは……」

商家の兵の隊長が訊ねてくる。

「部族が使う伝令代わりの合図です。本来は草原の夜戦で用いるものですよ。商港にいる者に、この合図の意味を教えてあります」

「なにをお命じになったのですか」

エリッサは微笑んだ。

「商港に停泊中の船の底に穴を開けて沈め、軍艦に対する壁とします。立ち往生すればこちらのもの、あとは任せましたよ」

隊長は呆《あき》れ顔《がお》になった。


結果から言うと、船を沈めて足留めする作戦は半分だけ成功した。

先頭の艦が座礁《ざしょう》し、艦隊の足が止まったところに商家の小舟が殺到、白兵戦に移った。血みどろの戦いによって、奪われた軍艦のうち半分以上の奪還に成功したのである。

しかし一部の軍艦が巧みな操船で暗礁域を突破し、商港と外海を繋ぐ海門を体当たりで破壊すると、強引に外に脱出してしまった。

この力技には、さすがに対抗する術がなかったという。

もっとも、巨大な門に体当たりしたその軍艦はほどなくして舵をやられ、船底に穴が開いて沈没した。

人員は周囲の小艦に分散して退避したものの、遠くまで逃げることはできず、その大半は近傍の陸地で船を降りたという。

今回、最悪の想定は『砂蠍《アルピラ》』が大艦隊で北大陸に向かうことであった。それだけは阻止できたということである。

とはいえ『砂蠍《アルピラ》』の一部の逃走は許してしまったし、『砂蠍《アルピラ》』と組んだ商家の兵もそれについていってしまった。完全勝利とは言い難い。

†

夜明けの少し前、叩きつけるような雨が降ってきて、火災は鎮火された。

ティグルやリム、マシニッサは無事、軍港から生還した。

ネリーだけは、途中で彼らを逃がすための囮《おとり》となり、以来行方不明となったという。

ティグルは弓の力を引き出したあと気絶し、リムとマシニッサはそんな彼をかばいながら逃げ隠れするだけで手一杯であったようだ。

本来ならばネリーの安否が気遣われるところであるが……。

「彼女であれば、大丈夫でしょう」

と『赤獅子《ルベリア》』の弓巫女は平然としていた。実際のところエリッサも、まあネリーのことだ、独力でなんとかしているだろうなと思う。少なくとも、『砂蠍《アルピラ》』に捕まったり殺されていたりするような人物ではない。

ティグルが『砂蠍《アルピラ》』の弓巫女と魔弾《デウ》の神子《リア》が乗った軍艦を爆破したことで『砂蠍《アルピラ》』全体が混乱し、それが巡り巡って商港の海門を軍艦の体当たりで破壊するという無茶な作戦に繋がったようだった。

本当に弓巫女と魔弾《デウ》の神子《リア》を倒せたのかどうかはわからないが、少なくともその一撃が彼らにひどい動揺を与えたことは確実である。


夜が明けた。

朝日のもとで行われた軍港の現場検証によれば、ティグルの黒弓の力を引き出した一撃は、該当の大型軍艦のほか、周囲数隻をまとめて沈めていた。

商家は「これが『天鷲《アクイラ》』と『一角犀《リノケイア》』の新しい魔弾《デウ》の神子《リア》様のお力……」と恐れおののいているという。完全な勘違いだが、これは勘違いさせたままにしておいた方が有利だ、という点でエリッサとリムの見解が一致した。

今回のことで判明したのは、商家が相応に七部族への対策を練っていたということである。

これ以上、彼らにあらぬ考えを抱かれては、後々面倒なことになるだろう。

ただでさえ、今回の七部族会議は火種をばらまくばかりの結果に終わってしまったのだ。

朝日が昇ってしばらくしたころ。

『黒鰐《ニーゲラ》』の魔弾《デウ》の神子《リア》マシニッサは、弓巫女と共にカル＝ハダシュトの都から引き上げていった。

「『砂蠍《アルピラ》』がどう出るかわからん。我ら『黒鰐《ニーゲラ》』は軍を整え、奴らを追い詰める」

そう言い残して。

別れ際、マシニッサはリムを捕まえて、ふたりきりで語らっていた。

エリッサはその内容を知らない。必要であれば、リムのことだ、マシニッサの言葉をエリッサの耳に入れてくるだろう。

そうしなかったということは、今のエリッサにとって必要のない情報ということである。

魔弾《デウ》の神子《リア》を『砂蠍《アルピラ》』の毒矢によって失った『森河馬《ハイポータ》』の弓巫女も、「禍根《かこん》は元から絶たねばなりますまい」と脱出路から回収された魔弾《デウ》の神子《リア》の遺体と共に、その日のうちに部族へ帰還していった。

『森河馬《ハイポータ》』の弓巫女とマシニッサが、今後についての打ち合わせをしていたこともエリッサは知っている。

この二部族は、しばらく共闘するのだろう。

今回の七部族会議で、『天鷲《アクイラ》』と『一角犀《リノケイア》』だけでなく『赤獅子《ルベリア》』と『剣歯虎《サベイリ》』も共闘していることが明らかとなった。

その上で、今のところ対『砂蠍《アルピラ》』に限定されているとはいえ、『黒鰐《ニーゲラ》』と『森河馬《ハイポータ》』が手を組む。

七部族は、単独の『砂蠍《アルピラ》』を含めた四つの勢力に分かれた形となったのである。

エリッサにとっての問題は、この四つの勢力が、それぞれどれだけの意欲でもって双王の座を争う気なのか、という点である。

マシニッサたちとの別れの際は、とうていそのことについて話し合うような雰囲気ではなかった。エリッサ個人の意見では、誰でもいいから平穏無事に双王の座について欲しいなというところなのだが……。

かといって、他国にまで野心を燃やす『砂蠍《アルピラ》』がその座につけば、きっとこの国のみならず、北大陸にとってもろくでもないことが起きるだろう。

そこまでわかっていて「商人なので知ったことじゃないです」とは言えない程度の良心は、彼女にもある。

†

ティグルはまる一日以上眠り続けた。

その間に、リムはソフィーとの再会を喜んだ。ソフィーは眠り続けるティグルを心配したが、リムは「黒弓の力を使ったためでしょう」とこれまでの経験を伝える。

「とはいえ、ここまで長く眠り続けるのは初めてみますが……」

互いの情報を交換する。ソフィーは外交官としてカル＝ハダシュトに赴いたのだが、しばらく彼らに同行するとのことであった。

「エレンには、ティグルヴルムド卿とリムアリーシャ殿の手伝いをしてくれって頼まれているの。本命は弓の王だけど、彼女が行方不明な以上、あなたがたといっしょにいる方が情報を集められると思うわ」

弓の王と接触して、どうするのか。それは相手の対応次第であるという。

今回、ティグルとリムは状況の把握と共闘を重視して、彼女がなぜ魔物と呼ばれる存在を目の敵としていたのか、ジスタートの王宮を攻撃した理由は本当に魔物がそこにいたからなのか、等の疑問について答えを得ていない。

カル＝ハダシュトの都での戦いが終わったあと、ゆっくりと訊ねればいいと考えていたようであるが、それは叶わぬこととなった。

最悪の場合、ネリーと一戦交えることになるだろう。

ソフィーだけでは勝ち目がないという話である。なにせ去年、彼女を含めた戦姫四人でもネリーひとりを相手に返り討ちにあっているのだ。

「戦うとしたら、ティグルヴルムド卿の力をお借りするほかないでしょう。それでも難しいようでしたら、情報だけを持ち帰る、としてもよい、との言質はほかの戦姫からもとっているわ」

　エリッサとしては、なるべく彼女たちとネリーが戦って欲しくないな、と思う。

とはいえ彼女がなにをしたかは理解しているし、彼女の行動の目的がティグルやリムたちの妨げとなる可能性、いやひょっとしたらエリッサにとっても良しとはできないものである可能性すらあるとも理解していた。

「ティグルさんが気絶したのも、ネリーのせいですしね。ネリーの思惑にまんまと乗せられたということですか」

　とリムから聞いた話を咀嚼《そしやく》し、エリッサは恩師にそう告げる。

「この地の神の名はティル＝ナ＝ファ、と……」

　エリッサは困惑して呟く。

「ネリーは、そう言ったんですね」

「ええ。でも、本当にそんなことがあるのでしょうか」

　エリッサは少し考えたあと、「ティグルさんは実際に弓の力を引き出したんですよね」と言った。

「だったら、ネリーの言葉には意味があったんです。いえ、意味が乗ったというべきでしょうか」

「乗った？　どういうことでしょうか、エリッサ」

「七部族会議のとき、私はネリーに対して、こう言いました。『あなたが名乗ることには意味がある』と。彼女は態度でそれを肯定しました。きっとそれは、ネリーが以前、生きていた時代ではとても一般的な概念だったのでしょう。それを、この地にもそのまま当てはめたのではないでしょうか」

リムは首をひねったあと、はっとして、それからおそるおそる言葉を紡いだ。

「カル＝ハダシュトの神は名前がない、あるいは名を失った、と言われています。彼女は、その失ったものにティル＝ナ＝ファという単語を入れた」

「そうしたら、実際に弓が力を発揮したわけです。そりゃ、ネリーは笑いますよね。昔の時代のありようが、そのままこの時代、この地にも適用されたわけですから。きっと、とても元気が出たと思います」

リムは顔をしかめた。

「つまりティグルは弓の王の実験につき合わされた、ということですか」

「そういうことになります。私としても、さすがにちょっと思うところはありますね。ティグルさんの善意を利用するにしても、やりかたというものがあるでしょう。彼女の悪いところです」

「私としては、エリッサ、あなたにもう少し怒ってもらいたいですね」

「次、ネリーに会ったらちゃんと苦言を呈しますよ。それよりも今は、ネリーが行った詐欺の種を暴《あば》く方が重要です。きっとそれは、この先、彼女がやりたい本当の詐欺についての示唆《しさ》になります」

「本当の詐欺、ですか？」

「よく言えば、魔法、でしょうか。でもまあ詐欺ですよね。この地の人々の信仰なんて無視して、自分のために名も無き存在に名前をつける。だいぶ悪いことしてる気がしませんか。問題はこれ、なんらかの法に反しているわけではありませんし、そもそもネリーがなにをしているのか大半の民は理解もできないことですけど」

「エリッサはわかるのですか」

「理屈はわかりません。でも、結果は示されました。だったら先生、あとは算術の問題な気がしませんか？」

リムが考え込んでしまったので、エリッサは先まわりして「作戦の前に、少しネリーと話したんですけど」とそのときの会話を語ってみせる。

おそらくネリーの信仰する神、彼女が『主』と語ってみせた存在は、ティル＝ナ＝ファであることを。

七部族会議でのネリーの話も真実だとすれば、ずっと昔、この地に後のカル＝ハダシュトの民が流れついたとき、その助力をした存在というのもティル＝ナ＝ファであるということを。

「まさか……そんなことが」

「ネリーが嘘をついている、という可能性は残っていますけどね。案外、真実なんじゃないかと思います。だからネリーは、弓の王と名乗ったのでは？　ティグルさんの持っている黒弓の、ずっと昔の持ち主ということです。私は、ネリーはティル＝ナ＝ファに仕えて神様の言葉を聞く神官みたいな人だったんじゃないかと思っています」

「にわかには信じられない話ですが、あの人物が『蘇った死者』であることはほぼ確実ですから、そういったこともあるのかもしれない、という程度には信憑性《しんぴょうせい》のあることですね」

リムは絶句したあと、かすれた声でそう言った。

信じられないというか信じたくないという気持ちは、エリッサにもよくわかる。

「そこまで仮定した場合のネリーの目的ですが……。これぱっかりは、私にはさっぱりなんですよね。先生、なにか思いつきますか」

「ティル＝ナ＝ファの神官がこの大地の神をティル＝ナ＝ファと呼ぶ。ならば彼女は、人々にこの地の神をティル＝ナ＝ファと信じ込ませたい……といったところでしょうか」

リムはエリッサの提示した方程式に単語をはめ込んだ。

「そのうえで、己が神官として、この地を統べるということではありませんか」

「統治とか、したいんですかねえ」

「世の王という王に聞いても、きっとエリッサからしか出てこない意見ですよ、それは」

リムが苦笑いしているので、エリッサは小首をかしげてみせた。

「私みたいにうんざりしている統治者、けっこういませんかね。商売のことを考えている方がずっと楽しいのに」

「あなたが自分なりの意見を持つのは結構ですが、それを一般化するのは間違いのもとだとは申し上げておきましょう」

「いつになく、つれない返事ですね、先生」

「誰に聞いても同じような返事をすると思いますよ。ナラウアスに言ってみなさい」

「ナラウアスは同じような話題になったとき、なぜか目をそらして用事を思い出すんですよねえ」

「忠義の士ですね」

「まったくです」

彼の献身と真摯《しんし》な態度はエリッサにとって好ましい。こういうとき適当な嘘がつけないのも、まあ美徳と考えるべきだろう。

†

ティグルは夢をみた。

なぜ夢とわかるかと言えば、そこにカル＝ハダシュトにはいるはずのない者がいたからである。見渡す限りの草原で、目の前に、白い子猫がちょこんと座っていた。

ケットだ。はるか遠く、アスヴァール島にいるはずの、猫の王を名乗る者。

「よく猫に尽くしているか、下僕」

ケットはそう言って、かわいらしく鳴いた。一年以上前に別れたときとまったく変わらぬ傲岸不遜《ごうがんふそん》な態度であった。

ティグルは嬉しくなって、にやりとする。

「相変わらずだよ」

「たいへんよろしい。だが、かの地の女王にはまだ会っていないようだな」

「場所がわからなくてね。大いなる虚《うつろ》の社《やしろ》、とはどこだろう」

ケットは小首をかしげてみせた。

「かの地のことは、かの地の者どもが詳しかろう？」

「それは、そうなんだけどな。わかったよ、ちゃんと場所を調べて、挨拶に行く」

「そうするがいい。かの地の女王は海の魚を好むと聞いた」

「わかった、貢物《みつぎもの》は海の魚の干物だな」

「たっぷりと、だぞ。貢物をケチる下僕に祝福は訪れぬであろう」

ケットは立ち上がると、背中を向けた。二本の足で歩いてティグルのもとから立ち去る。彼が草原の彼方に消えるまで、ティグルはじっと見守った。

そういえばケットは二本足で歩いたことがなかった気がするな、と気づいたのは、目が醒《さ》めてからであった。

まあ、所詮夢である。

そのはずであった。


ティグルが目覚めると、心配そうに覗き込むリムの顔が目の前にあった。

ベッドの上だった。宿の一室とおぼしき部屋で、窓から朝日が差し込んでいる。

スープの香ばしい匂いが鼻孔《びくう》をくすぐった。

「よかった。丸一日以上、昏睡していたのですよ」

「夢をみていた。ケットが出てきて、猫に尽くせと叱られた」

「そういえば、この地の妖精たちの女王と接触する約束がありましたね」

「土産《みやげ》は海の幸の干物がいいそうだ」

「手配しなくてはいけませんね」

「俺が寝ている間になにがあったのか、教えてくれ」

「ちょうど朝食の用意ができています。起き上がれますか」

返事のかわりに、ティグルの腹の虫が鳴った。

「食事のあとにしましょう」

†

ティグルは食事のあと、リムから説明を受けた。

彼が目覚めるまでに事態は一応の収束をみせていた。

都の火は無事に消え、外に避難した人々は戻ってきたという。

焼け出された民の救済は商家の仕事で、彼らは責任をもってこれをやりとげると宣言した。

脱出できず降伏した『砂蠍《アルピラ》』と彼らに従った商家の残党については、ひとまず双王が生まれるまで拘束し、しかる後に双王が沙汰を下すということとなった。

同時に、『砂蠍《アルピラ》』が七部族から一時的に除籍されることとなる。もし『砂蠍《アルピラ》』の魔弾《デウリア》の神子や弓巫女が生きていても、彼らが双王につくことはけっしてない、という商家と残り六部族の意思表示である。

追い詰められた『砂蠍《アルピラ》』だが、軍艦で脱出した生き残りが千人前後、これに協力する商家の海軍数百人が加わり、けっして無視できる勢力ではなかった。

小部族と連合されては厄介だし、万一、国外に逃れられて外の勢力と結びつけば後に禍根を

残す。ここでしっかりと決着をつけなければならない、という見解は、残り六部族で一致していた。

大火の翌日の夕方。ネリーが行方不明にもかかわらず、彼女を魔弾《デウ》の神子《リア》に戴《いただ》く『赤獅子《ルベリア》』の弓巫女は都を発ち、己の部族に戻っていった。

ネリーの帰還を部族で待つという。ネリーが弓巫女と魔弾《デウ》の神子《リア》を兼任する『剣歯虎《サベイリ》』の兵についても同じようにこの弓巫女が帰還させている。

「もし彼女になにかあったら、『剣歯虎《サベイリ》』に新しい弓巫女が生まれます。そうでないのなら、彼女は無事ということですから」

たしかに、そう考えると部族のもとへ戻ることは理にかなっていた。エリッサたちとしても、止める術はない。

ソフィーは、北大陸から従者をひとり、連れてきていた。

メニオという名のアスヴァール人で、冴えない容姿の中年の男だ。寒村の役人から兵士になり、そのあとティグルの部下となってジスタートまでついてきたという異色の経歴の人物であった。

ティグルはメニオと抱き合い、再会を喜んだ。

「エリッサ、メニオはティグルの部下なのですから、取っては駄目ですよ」

ふたりの再会を眺めていたエリッサに対して、なぜかリムがそんなことを言う。

「別に私、ああいう方が好みではありませんが……」

「彼、アスヴァールの内乱でずっと兵站《へいたん》の中核を担っていたのよ」

「欲しいです！　ください！」

思わず大声を出すエリッサに、メニオがひどく驚いていた。リムがエリッサを睨《にら》む。ナラウアスはそっぽを向いた。


かくして七部族会議は、なにも決定できぬまま解散となった。

後への遺恨だけは、たっぷりと生まれて。

無事に回復したティグルは、エリッサたちと共に部族のもとへ戻ることとなる。ソフィーもそれについてきた。

カル＝ハダシュトの都を巡る戦いは、こうして終わりを告げたのである。

一部が灰となり港に打撃を受けた都の再建は商家の負担となるだろうが、彼らはさっそく臨時の港を仮設し、商船をそこに誘導することで商売を再開していた。

エリッサはそれにいくらか助言することで、商家との繋がりを強固なものとしているようだった。

次にどのような風が吹くとしても、ここで獲得した繋がりは得がたいものであった。

第1話　カル＝ハダシュトの草原

カル＝ハダシュトの都が炎上してから、しばしの時が経った。

ティグルたちはソフィーとメニオを連れて『天鷲《アクイラ》』の大宿営地に戻った。

馬で少し駆ければ、『一角犀《リノケイア》』の大宿営地がある。

現在、『天鷲《アクイラ》』と『一角犀《リノケイア》』は同盟関係にある。

エリッサが『天鷲《アクイラ》』の、リムが『一角犀《リノケイア》』の弓巫女《アルディア》であり、ティグルが双方の魔弾の神子《デウリア》を兼任している以上、互いの部族がいかな怨恨《えんこん》を持つとしても袂を分かつことができぬ関係となっていた。

両部族の中心たる大宿営地の周囲には小規模の宿営地が点在し、それぞれが馬や羊を放牧している。

数千、数万の家畜たちは周囲の草をまたたく間に食べ尽くす。草原が裸の荒野に変わらぬうちに宿営地の場所を移し、南国の温暖な気候が草を再生した頃、また戻ってくる。

そうして何年も、何十年も、何百年も家畜と共に移動しながら生活してきたのがカル＝ハダシュトの騎馬部族である。

日常がそのようなものであるが故《ゆえ》、女子どもであっても、その大半が馬に乗り慣れている。

騎乗を苦手としているにもかかわらず皆から敬われている弓巫女エリッサが特別で、そういう者はまともな成人とみなされないのが普通であった。

そのエリッサも、カル＝ハダシュトの都への行き来で多少なりとも馬に乗る練習をして、今はなんとか、おとなしい馬であれば、ひとりで乗りこなすことができるようになっている。

それは、どちらかというと馬に乗せてもらっている、という状態であって、部族民なら十歳の子どもでももう少しマシな騎乗をするであろうが、それでもこれが、今の彼女の精一杯であった。

「これまでは呑気《のんき》に馬の練習をする暇もなかったですからね」

と言いながら、エリッサは緊張しながら馬上で馬のたてがみを撫でる。直後、馬が身を震わせた。少女は押し殺した悲鳴をあげながら手綱《たづな》をぎゅっと握りしめる。

乗り手の怯えが伝わったのか馬が暴れ出すと、エリッサは絹を裂くような悲鳴をあげて、なんどもティグルとリムに助けを乞うのであった。

「やっぱり、馬は苦手です！」

ティグルが慌てて割って入り、手綱をとって馬を止めたあと、エリッサは涙目でそう呟《つぶや》く。

「焦らず、少しずつ前進していきましょう」

リムが告げる。つまり今後も練習を続けろということだ。

近くで見守っていたナラウアスが、無言で天を仰いでいた。

当面、やるべきは『天鷲《アクイラ》』と『一角犀《リノケイア》』の戦力を充実させることと、この両部族で際限なく立ち上がる問題を解決していくことである。

ティグルたちがしばらく留守にしているうちに、『天鷲《アクイラ》』と『一角犀《リノケイア》』の大宿営地では細かい問題が山積みとなっていた。

もともと因縁のある両部族間で無数にもめ事が生まれ、代理の者たちではその解決に目処がつかない状態となっていたのである。

ティグルもリムも、もちろんエリッサも、両者の怨恨については承知していた。誤解もあれば相互に理解しているからこその根深さもあることだって、わかっているつもりであった。互いの部族への呼びかけと融和のための施策《しさく》は数多行っている。

それでも家畜を奪われた恨み、妻を力ずくで奪われた恨み、父を殺された子の恨み、それらは無数に積み重なり、互いが手をとる上での分厚い障壁となっている。

幸いだったのは、両者の戦の際に『天鷲《アクイラ》』から『一角犀《リノケイア》』へ連れていかれた女たちは、その大部分が『一角犀《リノケイア》』の大宿営地で元気に暮らしていたことである。

これは一角犀の戦士長であるガーラの差配《さはい》によるものだった。以前の魔弾の神子《デウリア》であったギスコの兄である彼は、巧妙にギスコをたばかっていたのだ。

「戦がどういうかたちで決着しようと、消耗した部族にふたたび力を与えることができるのは女たちだけだ」

彼はそう言って、ギスコの横暴に怯えていた長老たちを説き伏せ、ギスコ派から彼女たちを隠し通していたのである。

『天鷲《アクイラ》』から『一角犀《リノケイア》』に連れてこられた女たちは、その大部分が『天鷲《アクイラ》』に戻った。

しかし一部は『一角犀《リノケイア》』の暮らしが気に入ったとのことで、その者たちは普段、『一角犀《リノケイア》』の宿営地で暮らし、時折、『天鷲《アクイラ》』の家族に顔をみせに行くという。

そういった平穏無事にことが終わった部分もあれば、未だ諍いが続く部分もある。

武器を抜いての衝突にまでは至らずとも、細かい怨嗟《えんさ》の蓄積は進む。決定的な破局を迎える前に、ひとつひとつ解きほぐすのが指導者たちの仕事であった。

ティグルたちが戻ってから最初に取り組んだのは、積み重なった問題に対して裁可を下すことである。ティグルとリムは、『一角犀《リノケイア》』の魔弾《デウリア》の神子と弓巫女として、エリッサは『天鷲《アクイラ》』の弓巫女として、朝から晩まで辣腕を振るった。

ことに部族間で起こるいざこざは、なにせつい先日まで戦をしていた両部族だけあって、些細《ささい》なことから深刻なものまで無数に存在していた。

試行錯誤の末、ふたつの部族にまたがる問題については、ガーラやナラウアスの立ち合いのもと、両部族の魔弾《デウリア》の神子を兼任するティグルが出ていくのが、もっとももしこりが少ない方法であると判明している。

たとえば狩場がかち合った、どこの誰が羊を奪った、口論から武器を抜いての決闘に発展した、無礼や非礼があった……。

部族に厳密な法規などなく、慣習に従って裁くしかない。しかも両部族でその慣習が違えば、折り合いをつけるのも難しくなる。

一例をあげれば、『天鷲《アクイラ》』の馬が暴れてしまい、『一角犀《リノケイア》』の子どもが馬に蹴られて死んだ、という事件があった。

『天鷲《アクイラ》』では、この場合、子の親に羊を二頭払う。

『一角犀《リノケイア》』においては、子の性別で支払う羊の数が違い、しかも子どもと大人の境界線となる年齢に多少の差異があった。

どちらの部族の習慣に合わせるべきか。議論は紛糾《ふんきゅう》した。

最終的にはティグルが「羊は二頭、ただし暴れ馬の所有者が子の親にきちんと頭を下げて謝罪すること」と結論を下した。

そのうえで、後日、エリッサが子を失った親のもとを訪れ、少し話をすることで両部族の被害者、加害者に寄り添った沙汰としている。

一事が万事、この調子だ。

ティグルの部下メニオは、『一角犀《リノケイア》』の帳簿にもなっていない会計をみて悲鳴をあげ、ただちにこれの改革に乗り出した。

参考にしたのは『天鷲《アクイラ》』でエリッサが導入したジスタートの商人用の仕組みを転用したもので、これを『一角犀《リノケイア》』式に変換する作業でてんやわんやの騒ぎとなった。

それでも『一角犀《リノケイア》』がその新しい仕組みを受け入れたのは、すぐそばに引っ越してきた『天鷲《アクイラ》』の大宿営地における食事をみてしまったからである。

『天鷲《アクイラ》』ではエリッサの差配で商家からさまざまなものを購入したついでに、カル＝ハダシュト島では手に入らない香辛料や果物なども手に入れていた。これらを用いた料理は大宿営地の外まで匂いが漂うほど香ばしく、食欲をおおいに刺激した。

それらの新しい食材は『天鷲《アクイラ》』と肩を並べて戦った『一角犀《リノケイア》』の戦士を通じて、かの部族の大宿営地にも伝播したのである。

またたく間に、『一角犀《リノケイア》』の宿営地にも同じ匂いが漂うようになった。

『一角犀《リノケイア》』の女たちにとっては、『天鷲《アクイラ》』の女たちが身体を飾る服や宝石も垂涎の的であった。これらも、最初は商家の者が物資搬入時、馬車の片隅に突っ込んでおいたおまけの交易品にすぎなかった。

しかし思いのほか『天鷲《アクイラ》』の女たちの反応が良かったため取引が拡大し、次第に取引の主戦力になっていったものである。

ことに北大陸《ネステール》から輸入された華やかな色合いの絹の服は『一角犀《リノケイア》』の女たちに好まれた。

弓巫女となったリムが着ている服に似た衣装が、とりわけ人気となっているという。

　エリッサは、この傾向を歓迎した。

「女たちの物欲を刺激すれば男が張り切るものです。騎士の首を獲るならまず騎士の妻を人質に取れと言うではありませんか」

　そんな物騒なことわざはジスタートにはもちろん、アスヴァールにもブリューヌにもない。ティグルはザクスタンについて詳しくないが、たぶんかの国にもないだろう。

　それはさておき、『一角犀《リノケイア》』においても商家との繋がりが増えた。

　もともとは『天鷲《アクイラ》』が抱えていた傭兵も、その半数は『一角犀《リノケイア》』の大宿営地に居を移し、これらはリムの直属の配下となって宿営地を囲む柵を強化したり見張り櫓に交代で登ったりと、騎兵以外の仕事を分担してもらうこととなる。

『天鷲《アクイラ》』との戦いとそれに続く小部族同盟との抗争で、『一角犀《リノケイア》』の男はすり減っていたから、生き残った弓騎兵たちの負担は、これだけでも大幅に軽減されたのであった。

　戦が続いて、人も馬も消耗していた。

　今や『天鷲《アクイラ》』と『一角犀《リノケイア》』の弓騎兵は、両部族を合わせても片方の全盛期に満たない。おおよそ『天鷲《アクイラ》』で二千騎、『一角犀《リノケイア》』で二千五百騎といったところだろうか。

　合わせて四千五百騎の弓騎兵は、北大陸の基準で考えればたいした軍勢であるが……。

「ネリーが教えてくれたんですけど、『赤獅子《ルベリア》』の弓騎兵は六千騎、『剣歯虎《サベィリ》』は七千五百騎だそうです。合わせて一万三千五百騎。こんな戦力が北大陸に遠征したら、ちょっとすごいことになりますよね」

エリッサの言葉に、リムがため息をつく。

「考えたくない事態ですね。つくづく、『砂蠍《アルピラ》』の野望を阻止できて幸いでした」

†

「弓騎兵とは、それほどに強いのですか」

カル＝ハダシュトの都からの帰途の夜、皆で焚《た》き火《び》を囲んで食事をしながら、メニオが訊ねたことがある。エリッサが無言でティグルとリム、ソフィーの方を向く。

エリッサは自分が軍事に関して門外漢《もんがいかん》であると認識していた。それらは基本的に戦士の役目であり、自分は本質的に一介の商人であるにすぎない、と。謙遜《けんそん》ではなく心からそう信じていることが彼女を彼女たらしめる根源であるのだろう。

ティグルは自分が説明役となることにした。

「草原の戦いにおいて、歩兵では弓騎兵には絶対に敵わない。槍を手にした騎兵でも、まず近づく前に馬を射貫かれてしまう。そうだな、五倍の槍騎兵で突撃すれば、半分は脱落してもも う半分で蹂躙できるかもしれない。相手に追いつける前提だが……」

「では、ティグル様。北大陸でも弓騎兵を導入すればいいのでは」

「馬に乗って駆けながら弓を射るには、下半身だけで馬を操る必要がある。しかもこれを、整然とした隊列を組んで行わなきゃいけない。幼いころから馬に慣れ親しんでいる遊牧民でもなければ、そんなことは難しいだろうな」

ジスタートの東部に住む遊牧民を徴用すればそういったことも可能かもしれないが、政治的にそれは難しいとティグルは聞いたことがあった。

「そもそも北大陸では、それだけ大量の騎兵を用意するにも、馬が食べる草の問題が出てくる。この島のように、草が旺盛《おうせい》に繁茂《はんも》する土地じゃないと、何万もの馬を育てるのは難しいだろうな。もっともこれに関しては、カル＝ハダシュトの弓騎兵が北大陸に進出した場合も問題になってくるだろう。この地と同じようにみていては、補給が続かない」

エリッサは「あれ？」と呟く。

「北大陸を攻めるつもりだった『砂蠍《アルピラ》』は、補給をどうする気だったんでしょう」

ティグルは小首をかしげた。そんなことは『砂蠍《アルピラ》』にしかわからない。降伏した者たちに対する尋問はこれからというところで、さっさと都を出てしまったのである。

かわりに返事をしたのは、リムだった。

「単純に、甘くみていたのではないでしょうか」

「甘く……ですか、先生」

「『砂蠍《アルピラ》』と彼らに呼応した海軍は、北大陸でもこの島や南大陸《メリデール》と同じように、どこからでも馬が食べる草を調達できると楽観していたのではないか、と私は考えています。ですがそれは、北大陸の実情を知らない者たちが勝手に思い描いていた戦争のかたちにすぎなかったのでしょう。補給の必要などない、森と草原には無限に糧食が眠っている、と」

「じゃあ、放っておいても『砂蠍《アルピラ》』の野望は失敗に終わったわけですね」

「両大陸で屍の山を築いて、ですね」

リムはため息をつく。

「カル＝ハダシュトの人も馬も、たくさん死んだことでしょう。北大陸……特に最初に上陸されるアスヴァールは悲惨なことになったでしょう。何十年と草が生えない大地が延々と続く、そんな光景が生まれたかもしれません。ですから、あの反乱を阻止することは、絶対に必要なことだったのです」

なるほど、ティグルのなかでもやもやと漂っていた理屈にすることが難しい諸事を、まとめて言葉にしてくれた彼女に内心で感謝する。

それから一行は『天鷲《アクイラ》』と『一角犀《リノケイア》』の大宿営地に帰還し、日々の責務に追われた。ティグルはふたつの部族を行き来しながら、今後について考え続けた。

現在、七部族の主戦力である弓騎兵において、『天鷲《アクイラ》』と『一角犀《リノケイア》』の同盟は他勢力におおきく劣っている。

カル＝ハダシュトの都でかなりの被害を出したであろう『砂蠍《アルピラ》』ですら、あのとき彼らの主力は鉄鋏隊《てつきようたい》と呼ばれる特殊部隊であり、わざわざ馬を下りて作戦に参加した弓騎兵はさほどの数ではないと考えられていた。

　二千人の傭兵部隊は引き続き雇用を続ける見込みであるが、彼らのなかには弓を扱える者も、馬に乗れる者も少ない。もちろん弓騎兵の真似事《まねごと》ができる者など皆無であった。やれることは限られてくる。


「何度も言いますけど、今、私たちがほかの部族と戦う必要はないんですよね」

『天鷲《アクイラ》』と『一角犀《リノケイア》』の定期的な会合《かいごう》で、エリッサは言う。

　会合は双方の大宿営地で交互に行われた。参加するのはティグル、リム、エリッサと、助言役としてソフィーである。両部族の戦士長、すなわちナラウアスとガーラも予定が合えば同席することがあった。

「『砂蠍《アルピラ》』は『黒鰐《ニーゲラ》』と『森河馬《ハイポータ》』が執拗《しつよう》に追いまわしているでしょう。わざわざ私たちに向かってくるほど暇とは思えません。問題は『赤獅子《ルベリア》』と『剣歯虎《サベイリ》』ですけど、七部族会議でネリーの様子をみた限りでは、すぐ仕掛けてくることはないでしょう。そもそも戦を仕掛けるなら、会議なんて開く必要はなかったわけですから」

「弓の王のあの会議における目的は、じゃあなんだったのだろうか」

　ティグルの問いに対して、エリッサは首を横に振る。

「私、政《まつりごと》とかよくわからないので」

「都合のいいときだけ商人のフリをするのはやめなさい」

リムに突っ込まれ、エリッサはぷうと頬を膨らませてみせた。

「身も心も商人のつもりなんですけど」

「その言い訳が通用すると思ってるのはあなただけです」

観念したようにため息をつき、エリッサは口を開く。

「あくまでも私の見立てですから、間違っているかもしれませんが……」

「構いません」

「ネリーはたぶん、火種を振りまければそれでよかったんじゃないでしょうか」

エリッサ以外の全員が、無言でなんどかまばたきをした。

しばしののち、リムが口を開く。

「それは、どういうことでしょうか」

「『砂蠍《アルピラ》』がことを起こさなければ、会議でなにか煽《あお》って火をつけるつもりだったんじゃないかな、ってことです。ネリーの態度から、なんとなくそんな感じなんじゃないかな、って思いました」

ティグルたちは一様に考え込んだ。エリッサが慌てて「あくまで私の勘にすぎませんよ」と火消しに走る。

「いえ、エリッサ、このなかではいちばん、あなたが弓の王を名乗る者のことを理解していると思います。ひょっとしたら、今、この大地に生きる誰よりもです。だからこそ、そのあなたが感じたままの言葉を無下《むげ》に扱うことはできないと私は考えます。そもそも、どうしてそう思ったのですか」

「どうして、そう思ったか」

今度はエリッサが考え込む番だった。ネリーとの会話を反芻《はんすう》しているのだろうか。

「そう、ですね。隠し通路から脱出して、酒場でナラウアスと合流したあと、ネリーとちょっと話したんですけど……そのとき彼女、とても余裕があったんです。会議がご破算になって、これまでの努力が無に帰したはずなのに、満足そうだったんですよ。ということは、彼女はもう目的を果たしたか、果たす寸前だった、ということです。実際にはそのあと、彼女はティグルさんをけしかけて黒弓の力を引き出させたわけですけど……」

「俺に黒弓を射らせるだけが目的じゃなかった、と？」

「そのときの様子はティグルさんが寝ているうちに先生から聞きましたけど、あれは、なにかの確認だったみたいですよね。そもそもティグルさんがこの地に来ることを彼女が知っていたとは思えません。だって、彼女は言ってたんです。私がこの地にいることを知ったのは、七部族会議を招集するために情報を集めていたときだ、って」

「それが嘘かもしれませんよ」

リムが鋭く突っ込むが、エリッサは首を横に振った。

「たぶん、ネリーはそんなつまらないところで嘘をつきません」

「ずいぶんな信頼ですね」

「信頼ではなくて、ですね。彼女の信条を考えて、たぶんそうだろうなって思っただけです。いえ、これも信頼のひとつですかね……。でも嘘をつくなら、そもそも私と旅をしていたとき、あんなに思わせぶりなことをいう必要はなかったはずです。七部族会議でも、わざわざマシニッサに対してカル＝ハダシュトの昔の話をして、自分の出自がバレる危険を冒す必要はありませんでした。なにせ、あの場にはティグルさんと先生がいて、私がいて、お互いの知っている情報を総合すれば彼女の狙いを暴《あば》いてしまう恐れがあったのですから」

「弓の王を名乗る者の狙い、か……」

ティグルは腕組みをして考える。この地の神はティル＝ナ＝ファである、とティグルに信じ込ませたこと。結果として、彼は黒弓の力を引き出すことができた。あのとき、彼は初めて、竜でも魔物でもない相手に黒弓の力を使ったのである。

「リムから聞いたが、エリッサ、きみは弓の王がティル＝ナ＝ファの神官で、この地の神がティル＝ナ＝ファであると人々に信じ込ませようとしている、と言ったそうだな」

「それが最終的な目的なのかはわかりませんけど、そういう感じのことを狙っているんじゃないかな、と思っています」

「そのために七部族会議を開いた。だが会議でやろうとしていたのは、七部族に火種を振りまくことだった？」

「そのへんが私のなかで、上手く繋がらないんです。どうすればそのふたつが繋がるのか、今のところさっぱりです」

「弓の王は『赤獅子《ルベリア》』の魔弾《デウリア》の神子で、『剣歯虎《サベイリ》』の弓巫女と魔弾《デウリア》の神子を兼任している。戦を仕掛ければ圧倒的な優位でほかの部族をひねり潰せた」

「ええ、過去形です。会議によって、今は『黒鰐《ニーゲラ》』と『森河馬《ハイポータ》』が強く結びつきました。マシニッサはやり手ですね。順当にいけば『砂蠍《アルピラ》』をこらしめて、更に名声をあげるでしょう。このままなら、彼が次の双王《そうおう》です。普通に考えれば、ネリーが七部族会議を開いた結果、漁夫の利でマシニッサが得をした、ということになります」

「だが弓の王は嬉しそうにしていた、ときみは言う」

「なんなんですかねえ、ほんと」

エリッサはおおきく息を吐く。

「私は最初、ネリーは双王の座に興味があると思っていたんですよね。でもネリーと話をしているうちに、そこは重要じゃないんだなって思うようになりました。だったら、ネリーはどうしてこの国に来たんでしょう。どうして『赤獅子《ルベリア》』の魔弾《デウリア》の神子に、『剣歯虎《サベイリ》』の弓巫女と魔弾《デウリア》の神子になったんでしょうね。いえ、そもそも弓巫女って、なろうと思ってなれるものじゃない気がするんですけど……」

エリッサはリムをみる。リムは首を横に振った。エリッサと同様、彼女とてなぜ自分が『一角犀《リノケイア》』の弓巫女になったのか理解していないのだ。

「今、七部族には白肌の弓巫女がふたりもいるんですよね。カル＝ハダシュトの都で神官様に聞いてみたんですけど、実は過去にも白肌の弓巫女がいたことはあるそうです。でも同時期にふたりというのは、前例がないって」

「白肌ではありませんが、エリッサ、あなただってこの国で生まれ育ったわけではありません」

「私が誘拐された理由は『天鷲《アクイラ》』の弓巫女になりやすい血筋、ということでしたけど……。今となっては、そもそも本当に血筋で弓巫女に選ばれるものなのか、そこから疑いたくなりますよね。いちおう、『天鷲《アクイラ》』とほかの六部族では弓巫女の基準が違う、という話もあるんですけど」

「そのあたり、『一角犀《リノケイア》』についてはガーラに少し調べてもらったんだ」

ティグルが口を挟む。現在、『一角犀《リノケイア》』の戦士長であるガーラは、禿頭の小男だ。『一角犀《リノケイア》』の先代魔弾《デウリア》の神子であるギスコは、彼の弟であった。

にもかかわらず、ガーラは反ギスコ派の旗印となっていた。なかなかの人望を持つ男で、ガーラにはティグルとリムが不在の間、『一角犀《リノケイア》』をまとめてもらっていた。

「結論から言うと、ここ五十年より前の弓巫女の記録は『一角犀《リノケイア》』に残っていない。だからわからない、だそうだ。少なくとも過去三代は『一角犀《リノケイア》』の有力一族から弓巫女が出ていたらしいが……」

「記録がないって、ひどい話ですよね。国家の王を交代で出す貴族の一門とは、とうてい思えません」

ガーラの報告について事前に聞いていたエリッサが、素直な感想を告げる。

「ジスタート人やブリューヌ人の感覚では、そう思ってしまうのも仕方がないな」

たしかに七部族は他国の制度に当てはめれば貴族の一門ということになるだろう。だがこの国独特の制度を他国のものに当てはめてわかった気になるのはひどく危険なことであると、この場の誰もが承知していた。

「ですが、我々ジスタートでも、竜具《ヴィラルト》が新しい持ち手を選ぶ基準を理解していません」

リムが言う。

全員の視線が、黙って議論を聞いていたソフィーに集まった。彼女こそ、竜具が選んだ人物、たった七人しかいない当代の戦姫のひとりである。

「そうね」

ソフィーが口を開く。

「リムはもちろんエレンから話を聞いているでしょうけど、竜具はわたくしたちにはっきりとした言葉で話しかけてくるわけじゃないわ。公式には、王が戦姫を選び、その者に竜具を与えるということになっているけれど……でも実際は、竜具が新しい持ち手のもとへ現れて、自分を使えという意志を表すの。でもあなた方が神器とまとめるものが、全て同じとは思わない。たとえばティグル、あなたの黒弓はどうなのかしら」

大宿営地に帰還するまでの間に、ソフィーは皆と打ち解《と》け、互いを愛称で呼ぶようになっていた。

「黒弓は……俺に語りかけてきたことはない。ほかの神器とどう違うのか、俺にはよくわからない」

「私がアスヴァールで湖の精霊から受け取った双紋剣《カルンウェナン》は、時折、生ける死者を殺せ、と私に強い意志を示していました。ですがエレンに確認をとったところ、一般的に竜具は、持ち手に対してなにかをするようにと指示することはないようですね」

「神器それぞれ、ということですか」

エリッサはお手上げだというように肩をすくめてみせる。

「ちなみに私の矢は、一度も私に対して意志を示してきません。ほかの矢も同じみたいですね。正直、なんで私を選んだか、それくらいは説明する責任があると思うんですけど。商品を説明できない店員なんて商人失格ですよ」

神器の方も、商人を基準にものごとを語られてはたまらないだろうなとティグルは思った。

賢明にも口には出さないが、それでも視線で意図は伝わったのだろう。エリッサはティグルに対して不敵な笑みをみせた。

「言いたいことがあるならどうぞ、ティグルさん」

「別に含みがあるわけじゃないんだが……。まず、カル＝ハダシュトの七本の矢に国や人種という概念があるのかどうかが、俺にはよくわからない」

「そうですね。昔のカル＝ハダシュトは、この島ひとつのなかで完結した国でした。次第に大陸の領土が増えて、征服した国から連れてきた人々も七部族に吸収されたといいます。生粋のカル＝ハダシュト人なんてものがいたとしても、そんなもの、とうの昔に失われている気がしますよね」

「それはジスタートも同じよ」

ソフィーがエリッサの言葉を引き継ぐ。

「ジスタートの領土は始祖の頃から変化しているわ。移住してくる人だって、移住した人だっている。でも竜具は、いつだってそのときジスタートの領土に住むジスタート人だけを戦姫に指名してきた。竜具に国や土地という線引きがあるのかどうか、あるとしてどうやってそれを区別しているのか、わたくしは知らないわ。きっとジスタートの王も、貴族も、誰も知らない」

「その線からネリーの意図を探ろうとしても、無駄に終わりそうですねえ」

エリッサは首を横に振った。弓の王を名乗る者に一番近しく、腹を割って話ができたエリッサでさえ、その今後の行動は読めないという。

行方不明とはいえ死んでいるとはとうてい思えないし、きっとどこかでろくでもないことをしているだろうな、と簡単に想像できるのだが……。

そのろくでもないこと、というのがなにか、とんと見当がつかないのである。

「行方不明になったこともネリーの計画通りですかね、これは」

「あいつは、俺が気絶したあと、俺たちを逃がすための囮《おとり》になったと聞いたが」

「はい。あのときは我々全員に余裕がありませんでした。鉄鋏隊が我々を執拗に追跡してきたのです。あの場で、彼女の行動は適切でした」

リムが言う。擁護しているわけではないのだろうが、ほかにあの場にいたのはマシニッサだけだ。単独で矢を生み出せるネリーが囮になるというのは理に適っている。

「そもそも俺が気絶したのは、あの女の策を受け入れたからなんだ。結果的には敵の手に渡った軍艦を焼いて『砂蠍《アルピラ》』を混乱させることはできたし、連中の本命の計画も阻止できたわけだが……」

「ティグルは、ほかの方法もあったかもしれないと？」

ソフィーが訊ねる。

「あったとしても、そのときの俺には思いつかなかった。今のは愚痴《ぐち》だ、忘れてくれ。過去のあれこれを振り返るより、これからのことを考えよう」

ティグルは後ろ向きな思考を振り払い、前を向くことにした。

「『天鷲《アクイラ》』と『一角犀《リノケイア》』、このふたつの部族を立て直し、戦に備える。戦が起こるかどうかはわからないが、備えは必要だ」

まず一本、人差し指を立てた。皆がうなずく。そのために、こうして定期的な会合を開いているのだから。

「『砂蠍《アルピラ》』については『黒鰐《ニーゲラ》』と『森河馬《ハイポータ》』に任せて、こちらからはいっさい手を出さない。ただし情報は常に集めておく」

二本目、中指を立てた。これも皆が揃って首肯《しゅこう》した。

続いて三本目、薬指を立てる。

「『赤獅子《ルベリア》』と『剣歯虎《サベイリ》』の動向については、常に目を光らせておきたい。ソフィー、きみは外交官という名目でこの国に入っていたな」

「ええ、商家の代表とはご挨拶させていただいたわ。『赤獅子《ルベリア》』の弓巫女様とも。――そういうことね、わたくしに、『赤獅子《ルベリア》』の様子をみてこいと」

「危険かもしれない。やってもらえるだろうか」

「ええ、むしろ弓の王を名乗る者がいない今の方が、『赤獅子《ルベリア》』に接触するいい機会ね。彼女と再会して冷静に振る舞えるか、わたくしにもわからないもの」

ネリーと四人の戦姫との戦いはかなり激しいものであったという。ポリーシャの軍にも被害が出たようだ。無理もない。

「『赤獅子《ルベリア》』の大宿営地は、現在、ここから馬で北西に五日ほどのところです」

エリッサが言った。

「本当は、七部族会議が終わったらもっと西に移動する予定だったらしいんです。でもなにせ、今は魔弾《デウ》の神子《リア》が行方不明ですので……。ネリーが帰って来るまでは動けない、って取引している商家の人が言ってました」

商家を通じて各部族の情報が入ってきているのが、今の『天鷲《アクイラ》』の強みだ。

エリッサは弓巫女になってからの半年足らずで商家との取引を大幅に増やし、強固な関係をつくりあげたのである。道を通じて品物が流れれば、同じように情報も流れるということに着目しての、彼女の基本戦略であった。

七部族は基本的に、常に移動しながら暮らしている。これまで情報の流れというものには、それほど頓着《とんちゃく》していなかったようである。

視点の違いであった。これまでの部族民は商売よりも手もとの家畜との関係を重視していた。

エリッサはそこに、流通という別の概念を投入してみせた。

「ソフィー、気をつけてくださいね。『赤獅子《ルベリア》』では、女性がどれだけ着飾っているかを特に確認してください」

「それは、エリッサ、どういう意味かしら」

「『天鷲《アクイラ》』は私が弓巫女になってから、これまで部族では流通していなかった装飾品をたくさん仕入れて、女たちに新しい流行をつくり出しました。今、その流行は少しずつ『一角犀《リノケイア》』に伝わっています。マシニッサに聞いたんですけど、『黒鰐《ニーゲラ》』はそういうところが全然ないそうです。『赤獅子《ルベリア》』が、どうなっているかで、ひょっとしたらネリーの思惑が少しわかるかもしれません」

「わかったわ。そうね、お土産《みやげ》として、少し装飾品を持っていっていいかしら」

「是非ともお願いします。用意させますね」

そちらについては、彼女たちに任せておけばいいだろう。

ティグルは、四本目、と小指を立てる。

「そろそろ、俺は猫との約束を果たさなきゃいけないと思う」

「猫？」

事情を知らないソフィーがきょとんとする。リムが苦笑いして、事情を説明した。

「ティグルは猫の妖精と約束しているのです。この地の猫の王に挨拶すると」

「猫の王？」

「妖精たちの王、あるいはそれに類する存在です」

「おとぎ話に出てくるような存在がいる、とは事前に聞いてはいたけれど……。そう、猫の王。

わたくしも会ってみたいわ。きっと、とてもかわいらしいのね」

ソフィーは頬に手を当てて、夢見るような目つきでため息をついた。

いったいどんな存在を想像しているのだろうか、とティグルはいぶかしむ。ティグルの知る猫たちは、ふてぶてしくて傲岸不遜《ごうがんふそん》で、なかなかに油断のできない相手であった。きっと、この地の猫たちの元締めもそうに違いない。

「問題は、どこに猫の王がいるか、ですね。南大陸の森で猫に聞いたところによると、たしか……大いなる虚《うつろ》の社《やしろ》、でしたか」

「ああ。そこに女王がいる、と南大陸の森で出会った黒猫は言っていた。じつはこの前、夢にケットが出てきたんだ。アスヴァールの猫の王だ。女王への土産は海の魚の干物がいいと、親切に教えてくれたよ」

「なるほど、干物……。わかりました、手配しますね」

エリッサが真面目な顔でうなずく。

「ティグルは、顔が広いのね」

「どうなんだろうな。ケットのときは、向こうから勝手に接触してきたんだ」

「猫に好かれているのね」

そういうわけではないと思う。

ただ、ティグルも、自分だけがなぜ猫の王と会話できるのか、その理由についてはよく理解していない。

「それにしても、わたくしのなかの常識というものについて、少し修正が必要ね……」

　こればかりは、無理もない。エリッサはにこにこしているが、これは彼女がこの地でしばらく過ごし、森に住む妖精が実在していること、実際に妖精と親しく交わるマゴー老のような人物がいることを認識しているからである。

「大いなる虚の社、という名称については、カル＝ハダシュトの都で神官や歴史に詳しい方々に聞いてみました」

　エリッサが言う。

「彼らは調査を約束してくれています。なにぶん、ジスタートやブリューヌよりずっと古い国ですから、文献の量も膨大なものになるそうで……しかも所在があちこちに分散していて、確認作業だけでもひと手間だそうです。確実な情報ではなくても、近々、途中経過を教えてくれるそうですので、確実を期すならそれを待つべきでしょうね」

「でも、そこに行く準備をすることはできる。近くならいいが、場所が遠くなら……俺がひとりで遠征するか、それとも相応の軍を引き連れていくか、そのあたりも考える必要がある」

「ティグルが行くなら、今度こそ私も共に」

　リムが即座に言った。

「そうなると『一角犀《リノケイア》』は弓巫女と魔弾の神子《デウリア》、両方が不在になる。七部族会議のときとは事情が違うから、難しいところだな……」

「いっそ、部族すべてを動かしては？」

「俺たちの事情に『一角犀《リノケイア》』をつき合わせるということか。それはそれで、どうなんだ」

「そもそも、妖精たちに会いに行くことは本当にティグル、あなたの個人的事情の範囲に収まるものなのでしょうか」

リムの指摘はもっともなものだった。アスヴァールでは、ティグルと猫の王の個人的な繋がりが、最終的な勝利へ繋がった。猫の王ケットの助力がなければ魔物にも、蘇ったアスヴァールの始祖アルトリウスにも勝利はできなかっただろう。

「一度、そのあたりについてガーラやナラウアスと話し合ってみましょう」

エリッサが話をまとめ、そういうことになった。

†

翌日、ソフィーはさっそく『赤獅子《ルベリア》』の宿営地に旅立った。

案内として『天鷲《アクイラ》』と『一角犀《リノケイア》』から戦士をふたりずつつける。広大で目印も少ないカル＝ハダシュト島の草原で、頻繁《ひんぱん》に移動する宿営地をみつけるには、相応の熟練が必要なのだった。

ソフィーの出立を見届けたあと、ティグルはリム、エリッサと共に、『天鷲《アクイラ》』の戦士長ナラウアスと『一角犀《リノケイア》』の戦士長ガーラに昨日の会議の内容を語った。

近日中にティグルとリムが揃って旅に出るかもしれない、という話に、ふたりは腕組みし、渋面をつくる。

「マゴー老はどういうご意見ですか」

ガーラが訊ねた。『天鷲《アクイラ》』でもっとも妖精と親しい男として有名なマゴーは、『一角犀《リノケイア》』においても有名人である。

「マゴー老は、妖精に目印をつけられた者がじたばたしても無駄だ。ことに猫の妖精は礼儀を重んじる、とおっしゃっていました」

エリッサの言葉に、戦士長たちはふたり揃って深いため息をつく。

「マゴー老がそうおっしゃる以上、仕方がありませんな。戦で敗れるのも怖いが、妖精の怒りを買うことも、おお……なんと恐ろしいことか」

エリッサと共に地獄の撤退戦を戦い抜いたナラウアスが、おおきな体躯を震わせ、血を吐くような表情でそう言った。

「そういえば、ナラウアス。あなたは撤退戦のさなか、私が夜の森を抜けて逃げようと言ったとき、懸命《けんめい》に止めましたね」

「数人ならともかく、何十人、何百人、ましてや何千人もが森を侵せば、必ずや妖精たちの怒りが降り注ぎます。我らに伝わる物語は、過去のそうした愚行を戒めるため、親から子へ、子からまたその子へ、連綿《れんめん》と語り継がれてきたのです」

「そうですね。私はその場で長老たちのところへ連れていかれて、延々と昔話を聞かされました。あなたがたが本心から森を、森の妖精たちを恐れていることを、そのとき私は心から理解させられました」

エリッサの口調は少し悪戯《いたずら》っぽいものだが、その顔には当時のうんざりした様子がありありと表れていた。南大陸で再会した当初、彼女が「森は妖精のもの」と厳しく言っていた原因を理解し、なんともいえない気持ちになる。

考えてみれば現実主義者の商人を自認する少女があれほど森の妖精について厳命するのだ、それだけの経緯があったに違いないのである。

「この国の森が片っ端から薪《たきぎ》に変わらない理由を、改めて理解させられましたね」

リムも同じことを考えていたのか、そんなことを言う。

「七部族が、北大陸の者からするといささか古い生活様式を固持していることも、同じような理由によるものなのでしょうか。そちらについては、建国の物語にある神様の言葉も理由のひとつなのかもしれませんが……」

カル＝ハダシュトの建国物語では、この地に漂着した民に対して神様はこう語る。

『山は山であるように、森は森であるように、かくあれかし』

人々はその言いつけを守って、山を削らず、森を削らず、草原で馬を駆って暮らす、と物語は結ばれる。

北大陸において、人は森を切り開き、己の住む領域を拡大していった。

この地においてはそれを禁忌《きんき》としている。商家がカル＝ハダシュト島や南大陸の領土の内陸部を開拓しないのも、彼らが同じカル＝ハダシュトの民としてこの建国物語を受け継いできたからに違いない。

ティグルはマゴー老と共に夜の森へ赴《おもむ》き、実際に妖精と出会った。

この地の森はたしかに彼ら人ならざる者の棲《す》み処《か》であるとこの目でみてきた。その情報はこの場の全員と共有している。あのときは敵部族であった『一角犀《リノケイア》』のガーラとも、である。

「では、大いなる虚の社という場所がどこか判明したあと、俺とリムはそこへ向かうということでいいいな」

「おふたりで、は駄目です。護衛をつけてください」

ガーラが鋭い声で言う。ナラウアスも、しかりとうなずいた。

「『天鷲《アクイラ》』と『一角犀《リノケイア》』からそれぞれ五百人、合計で騎馬一千騎。最低でもこれだけの護衛がなくては、許可できませんな」

「そんな人数で森に侵入するわけにはいかないだろう」

「その場所が森かどうかもわかりませんが、では森のそばまでは。一千騎であれば、森のそばで待機するのも難しいことではありません。それ以上となると部隊を分けて、草原の草が無くならないよう配慮する必要があります」

ティグルとリムは助けを求めてエリッサの方を向いた。商人を自称する少女はとてもいい笑顔でふたりを見返す。

「ふたりきりで存分にいちゃいちゃしたい気持ちは理解しますので、必要でしたらおふたりだけの天幕を用意させましょう」

「必要ありません」

リムが即座に返事をした。


旅に出るとしても、大いなる虚の社についての情報がなければどうしようもない。カル＝ハダシュト島は、やみくもに探しまわるには広すぎた。

商家の者に聞いたところによれば、この島のおおきさはアスヴァール島の三倍ほどであるとのことだ。

もっともアスヴァール島と違い、その大部分は平坦な草原であった。

馬で駆けるぶんには苦労がない。水も豊富で、少し探せば果物を採集できる。ひとりで身を守る力があれば、どこまでも旅を続けられる、ティグルのような生粋の狩人にとっては理想的な環境だ。

だから、必要であれば、自分ひとりで大いなる虚の社を探して旅をしようと思ったのだ。

実際のところ、そんな悠長なことができるような時間はない。

ティグルもリムも、この南大陸に降りたってすぐ、数多のしがらみに搦《から》め捕られてしまった。

毎日、くたくたに疲れ果てて己の天幕に帰り、朝までぐっすりと眠る日々が続いた。

リムもリムで忙しそうだった。満足に会話もできない日も多い。

あっという間に数日が過ぎた。

†

ソフィーは、七日で『赤獅子《ルベリア》』から戻ってきた。

すぐさま『天鷲《アクイラ》』の弓巫女の天幕に集まり、エリッサ、リム、ティグルといういつもの面々でソフィーの報告を聞く。

「いろいろ話を聞いたのだけれど……。弓の王を名乗る者は、相変わらず行方不明のままのようね」

ネリーは未だ、『赤獅子《ルベリア》』にも『剣歯虎《サベイリ》』にも戻って来ていないという。便りのひとつもよこさない、と『赤獅子《ルベリア》』の弓巫女はたいそう怒っていたそうだ。

「普通なら、生きているか死んでいるかもわからないのだから、身柄の心配をすると思うんですけどね」

その話を聞いたエリッサはいぶかしむ。

「じゃあエリッサ、あなたはネリーの身が心配？」

「心配するだけ無駄でしょう。どこかでぴんぴんしてますよ、絶対。今ごろ、どこかの草原で酔っぱらってるんじゃないですか」

「『赤獅子《ルベリア》』の弓巫女も同じことを言っていたわ」

なにせエリッサが認めるのだから、説得力があった。

そもそも『剣歯虎《サベイリ》』には、新しい弓巫女が生まれていない。であれば、ネリーの生存は確定と言ってもいいだろう。

問題は彼女がどこで、なにをしているかであるが……。

それればかりは、誰にもわからない。

「いちおう、飛竜の目撃情報についても訊ねてみたわ。少なくともここ数か月で、『赤獅子《ルベリア》』と『剣歯虎《サベイリ》』の周辺で飛竜が目撃されたという話はないみたい」

ネリーは竜を操る。ティグルとリムが初めて彼女と遭遇したときも、飛竜の背に乗っていた。ジスタートに侵攻したときも、たびたび飛竜を使役していたという。

「この大陸に竜に関する物語はどれだけあるんだ」

ティグルはエリッサに訊ねてみた。エリッサは「竜という単語がある以上、まったく逸話《いつわ》が存在しないとは思いませんが……」と小首をかしげている。

「これまで気にしたことはありませんでした。あとで調査してみましょう」

よくよく考えれば、ネリーがなぜ竜を使役できるのか、その点についてはなにひとつ解明されていない。しかもティグルの記憶がたしかなら、彼女が騎乗していた飛竜を仕留めたあと、人の身のままで飛んで去っていったはずだ。あれはいったいなんだったのか。

「七部族会議から『砂蠍《アルピラ》』の戦いが終わるまで、落ち着いて話をする余裕もありませんでしたから」

「ティグルさんたちが軍港強襲の準備をしている間、ネリーは呑気にお酒を飲んでましたけどね」

なおそのとき、ネリーのかわりにいろいろな手配をしていたのは『赤獅子《ルベリア》』の弓巫女である。苦労人であろう。

「弓の王を名乗る者って、その手の細かい仕事が苦手なのかしら」

その場にはいなかったソフィーが疑念を呈する。エリッサは首を横に振った。

「さあ。やりたがらないのはたしかですよ。私の商会と旅をしていたときも、酒場とみたら飛び込んで、浴びるほどお酒を呑んでいました。怠惰《たいだ》で自堕落《じだらく》で、人生を楽しむことに熱心、というか……」

「そこだけ聞くと、無能で駄目な人みたいね」

「実際、私と出会ってからしばらくは、ずっと駄目な人でしたよ。私が命の危険に晒《さら》されるまでは、とことん駄目な人を演じ続けていましたから」

　エリッサが危機に陥ったとき、ネリーは初めて彼女の前で弓をとり、たちどころに悪漢を始末してみせたという。

　聞けば聞くほど、ネリーという人物のことがよくわからなくなる。ティグルたちが戦った人物と本当に同じ人間なのか、わからなくなってくる。

「それと、『赤獅子《ルベリア》』では気になる情報を拾ったわ。ネリーという人物がなにを調べていたか聞いてみたの。そうしたら、彼女、天の御柱と呼ばれる地についての伝承を長老たちから聞いてまわっていたらしいわ」

「天の御柱？　俺は初めて聞くな」

「カル＝ハダシュトの建国の物語に出てくる場所ですよ」

　エリッサが言った。

「この地に漂着した民が声に導かれて赴き、神様と出会った場所です。島の真ん中にある石柱に囲まれた不思議な神殿、というやつです」

　ティグルはこの地の建国物語を思い出し、あれか、と呟いた。

「王妃ディドーは島の真ん中まで歩いたんだよな。いったい何日かかったのやら」

「ちょっと探索すれば木の実や果物が手に入るこの島ならでは、という感じはしますね。建国の物語によれば、声に導かれている間、獣は襲ってこなかったそうですから」

エリッサの言葉に、ふと引っかかるものを感じた。ティグルは考え込む。リムが心配そうに彼の顔を覗き込んできた。

「ふと思ったんだが、黒猫が言った大いなる虚の社とは、この地の人が伝える天の御柱のことじゃないか」

一同が、虚《きょ》を衝《つ》かれた顔になる。

「天の御柱は実在する場所で、皆が知っていることなのですか？」

リムがエリッサに訊ねた。

「はい、先生。ですが建国の物語にとって重要な場所ではあっても、そこに人が巡礼するとか、神官がその方向に祈るとか、そういうわけではないようですね。かの地に人は住んでおらず、遊牧に際してもそのあたりは避けて通るのが通例です」

「それは何故ですか」

「天の御柱のまわりには森が広がっていて、その森には多くの妖精が棲むと」

なるほど、それはたしかに、特に七部族は避けて通るだろう。

「ですが建国の物語以外でその森に関する昔話を聞いた覚えはありません。いえ、私が聞いていないだけですけど……。ソフィー、『赤獅子《ルベリア》』でネリーがそのあたりの話を訪ね歩いたそうですけど、成果はあったんでしょうか」

「弓の王を名乗る者は、いくつか天の御柱に関する物語を聞いたそうよ。ざっとあらましを書き留めて貰ったわ」

ソフィーは羊皮紙の束をとり出す。びっしりとカル＝ハダシュトの文字が記されていた。エリッサが軽く眺めて、首肯する。

「当たり前ですけど、森と妖精の物語ですね。神様に関するものは……。どうなんでしょう。暗喩とかだと私にはわからないと思います。長老に聞いてみましょうか」

「頼んだ。商家の神官たちの意見も聞きたいが……」

「馬で往復してもらっても、日数がかかりますね。こちらの大宿営地もそろそろ一度、移動した方がいいのです。馬や羊が草を食《は》むために、遠出しなきゃいけなくなりました」

騎兵は減っても、二部族分の馬や羊はその大半が健在だ。それらを食わせていくだけでもたいへんなことである。

アスヴァールでの内乱は、ほとんどの場合、兵についてだけ考えていればよかった。この地においては兵と民が不可分で、家畜まで共に移動する。そのあたりの差配《さはい》をするエリッサの負担は非常におおきなものであった。

部族では、未だに数字に明るい者が少ない。

そうした状況下で、ティグルの部下であるメニオが現れた。彼には現在、『一角犀《リノケイア》』で辣腕を振るってもらっているが、エリッサはことあるごとにティグルへ「あのひとください」と冗談めかして言っている。そのとき目が笑っていない。

「一応、都の方にも連絡をしておきますね。それで、どうします？」

「どう、とは」

「天の御柱。ティグルさん、行ってみますか。確信はありませんけど、気になる場所ではあるんでしょう？」

ティグルはリムと顔を見合わせた。ここは難しいところだ。

「エリッサ、どれくらいかかると思う」

「一千騎と共に移動して、七日くらいでしょうか。往復で十四日、調査に日数をかけると考えるとそれ以上……うーん、確たる証拠もなしに動くには遠いですねえ」

でも、とエリッサは続ける。

「ネリーがそこについて調べていた、という事実は重いです」

「きみでも、そう思うのか」

「ネリーはそのへん、素直な人ですよ。思惑について隠すことはありますけど、必要のないことをする人じゃありません。不必要なお酒は浴びるほど呑みますが」

エリッサの見立ては信用できる気がした。とはいえ彼女のカンひとつで動くには、現在の状況は不安定すぎた。

「いっそ俺ひとりだけなら……」

と言いかけたところ、ティグル以外の三人から一斉に「駄目です」と断言された。

「絶対に私もついていきますし、一千騎の同行も必要でしょう」

「そうね。あと、わたくしも行くわ。『赤獅子《ルベリア》』で天の御柱の話を聞いているうちに、いろいろと興味が湧いてきたもの」

ソフィーまでが同行を申し出た。

彼女がこの地に赴いた理由は、外交という表向きのものはともかく、実際のところジスタートの敵である弓の王についての調査が主である。たしかにネリーが天の御柱という地に興味を抱いたということなら、今回の旅への同行も理に適っているように思えた。

「ソフィーについても、拒否する理由はありませんね。むしろ頼もしい戦力です」

リムが言う。ジスタートの公人としての意見だ。

「むしろソフィーの調査を主と考え、ティグルさんたちが彼女を案内する形としましょうか。それなら、ティグルさんたちにとって無駄足だった場合でも、すべてが無意味とはならなくなります。まあ、言葉遊びに近いものですが、赴いた先の町や村で損を出さないよう複数の商品を扱うというのは、行商人にとってはよくあることですね」

なんでも商売で例えるのはやめた方がいいとティグルは思う。彼女が満足そうにしているので口には出さないが。

「ソフィー、何日、休みが欲しいですか」

「明日にでも、すぐに出発できるわ。と言いたいところだけど、さすがに三日は休ませて欲しいかしら」

「では、準備に四日かけましょう。ティグルさんを隊長として、五日後の朝に一千騎と共に出発。『天鷲《アクイラ》』と『一角犀《リノケイア》』から五百騎ずつです。人員の選定はガーラとナラウアスに任せましょう」

「本当にいいのか」

ティグルとしては、胡乱な噂《うわさ》でこうも大がかりに人員を動かしてしまうことに、いささか戸惑いを禁じ得ない。だがエリッサはすでに腹を固めたようだった。

「じっと情報が集まるのを待つだけでは、きっとネリーに先んじることなんて一生できませんよ」

「きみの直感か」

「商売人としての経験でもあります。情報とは、本来、口を開いて待つのではなく足で稼ぐべきものですから」

「それは下積みの者がやることであって、我々のように上の立場の者が教訓とするものではない気がしますね」

リムに反論され、エリッサは口を尖《とが》らせた。

「じゃあ先生は待つべきだと思うんですか？」

「いえ、ここは動いていいと考えます。理由は、エリッサ、私があなたの判断を信じるからです」

　そう言って、リムは軽く肩をすくめてみせた。

「ここぞという時の判断に関して、あなたはほとんど外しませんからね。その年で行商人から店を構えるまでお金を貯めたことを、私はよく知っています」

「先生にそこまで褒めて貰えると、こそばゆいですね。調子に乗ってしまいそうです」

「褒めるところは褒めますよ。ただ、あなたの場合、いささか情で動き過ぎるというのが欠点です。ネリーから重要な話を聞いていながら、彼女と別れるまで黙っていたりするのも、そのひとつでしょう。正直、肝心なところであなたが本当にネリーと戦うことができるのか、私は疑問です」

「痛いところを突かれましたねえ」

　エリッサは苦笑いしている。否定しないということは、本人も自覚しているのだろう。少女はおおきくため息をついた。

「ネリーを説得する、と言いたいところですが、まあ無理ですし無意味ですね。腹をくくるしかないでしょう。それがネリーを殺すことになっても、です」

「できますか」

「できる、と言っても私はとことん戦に向いてない性格ですから、あんまり説得力を持たせられないですね。ぶっちゃけた話をすると、説得したいとも思っていません。だからそのときは、先生たちだけで頑張ってください」

なるほど、これはたしかに彼女自身が言う通り、エリッサという少女は王や貴族に向いてない。

ティグルも貴族の端くれとして相応の教育を受けた身だ。民を率いる者として、彼女のどこが駄目かは即座に指摘できる。

だがエリッサは、為政者《いせいしゃ》としての欠点を指摘されたとしても「そうですよ」と飄々《ひょうひょう》と受け入れるだろう。

性格や考え方が向いてないにもかかわらず、彼女は『天鷲《アクイラ》』を率いる者として成功してしまった。

それはきっと、彼女にとっての不幸を招く。だからこそ彼女は、一刻も早く弓巫女の地位から逃れようとしている。

はたしてそれが可能なのかはわからないが、いざとなればこの国から逃げ出そうとティグルやリムに語ったのも、そういうことだ。

「矢がさっさと私を見捨ててくれると嬉しいんですけどねえ。神器の考えはさっぱりわかりません。そのへんもネリーに聞いてみればよかったですね」

ネリーを殺せるか、という話のあとで平然とこんなことを言い出すのだから、これはもう筋金入りだ。

†

『一角犀《リノケイア》』にはムリタという女がいる。本人の申告を信じるなら今年で三十八歳、子どもを七人産んで、そのうち五人が今も生きている。そのうち男児は三人で、最年長の者はガーラの腹心として働いていた。

働き者で、お節介焼きで、料理が上手い。

リムがなぜ、彼女の顔と名前を覚えてしまったかといえば、彼女がたびたびリムのもとへ押しかけてきて、そのたびに「この香辛料はなんだい」「この穀物はどこで手に入るんだい」「あんたのところの料理を教えてくれよ」としつこく食い下がるからである。

ちなみにこれは魔弾《デウリア》の神子であるティグルに対しても行われていることであるが、ジスタート人であるリムとブリューヌ人であるティグルとでは知識と習慣に差があることに気づいたムリタは、しきりに両方の話を聞きたがるのであった。

「せっかくの食材だ、いちばんおいしい料理にしてやるべきだろう」

と新しい食材の調理方法の開発に余念がない。実に結構なことである。

実は『天鷲《アクイラ》』では商家から新しい食材を手に入れても、それを伝統の煮込み料理に混ぜてしまうだけで終わることが多かったから、リムは『一角犀《リノケイア》』において食を研究するこの女性に少し興味を惹《ひ》かれていた。

「全体的に『一角犀《リノケイア》』の方々は以前からある部族の伝統料理を好むようです。にもかかわらず、どうしてあなたはそこまで、新しい料理を探求するのですか」

「ずっと同じことばかりじゃ、飽きが来るじゃないか。旦那だって同じ、適当に乗り換えるのが飽きないコツさ」

との言葉通り、彼女が子どもをつくる相手は毎回違う。現在も新しい恋人と八人目をつくるべく励んでいるとのことであった。

それでも誰も問題にしないあたり、北大陸とはだいぶ風俗が違う。

彼女は若い狩人たちよりよほどこの地の草原や森で採集できる果物やきのこに詳しかったから、その話を聞くのがリムは好きだった。

女でも、森の浅層で採集活動くらいはする。

毒があるのはどれか、どういう場所に食用のきのこが生えているのか、注意するべき毒蜘蛛や毒蛇から、どうやって身を守るのか。いずれもリムには新鮮で、興味深い話ばかりであった。

「魔弾の神子様《デウリア》に、これを飲ませるといい。自信がつく薬だよ」

ある日、彼女はそんなことを言って、豆粒大の黒い丸薬を渡してきた。

「自信、ですか？」

「聞いたよ、弓巫女様。あんた、まだ魔弾の神子様《デウリア》に抱かれていないんだろう？　かわいそうに。もう、たいした歳じゃないか。もう五人くらい子どもをつくっていても不思議じゃないのに」

「そういうわけではないのですが……」

「煮え切らない相手は、さっさと押し倒すんだよ。それが騎馬の民の女ってもんだ」

リムは困惑して、丸薬を彼女に返した。

「ティグルとは、その時が来たら、と話し合っております」

「やれやれ、仕方がないね。後悔がないようにするんだよ」

ムリタはそう言って去っていく。皆が言う。彼女は世話焼きなのだ。ただ、ちょっとばかり強引なところがある。

間話1

この地では、繰り返し繰り返し、儀式が行われた。

戦争という名の儀式のたびに、少しずつ、人々の流す血がおおいなる力となって大地に染み込んだ。

その力は、本来の目的である神によって使用されることなく、ただひたすらに貯め込まれるだけだった。少なくとも、これまでは。

われが利用するのは、その、誰も顧みなかった力だ。誰も使わないなら、われが使ってしまっても構わないだろう？　そうは思わないか？

思わない？

うん、そういう意見もあるだろうね。

どうせろくなことじゃない？

信用がないなあ。

日頃の行い、と。うーん、そうかもね。どうやらわれは、あまり信用のおけない人物であるらしい。こんなにも普段から酒を呑んで自堕落《じだらく》に生きているというのに、まったく皆、見る目がないものだ。

なるほど、普段から自堕落なところが特に怪しいということか。

生きるとは、かくも難しいものなのだね。


われが望むのは、過日の憧憬の再来に過ぎぬよ。

あの日みた、あのかたの、眩いばかりの輝きをもう一度。

ひたすらにそう願うだけなのだ。

今の時代に生きる者たちには想像もできぬことだと思うが、われが生きた時代には、人と神の関係は今よりずっと近しいものであった。

実際のところ、われの時代よりずっと下った、北大陸《ネステール》で今も残る国々においてすらも、そうであった。人と神の親密な関係が崩れるのは、もっとずっと後のこと、われにとってはつい最近、と言ってもいい時代においてなのだ。

知らない？

そうだろうね。あまり有名な話ではなさそうだ。

われも、この時代に蘇ってしばらくは気づかなかった。あれほど多くの神がこの大地より去ったなどと、どうして信じられようか。

それはいいんだ。われにとって必要なお方は、ただ一柱なのだから。

ティル＝ナ＝ファ。

あのお方を一柱と呼ぶのも今の時代における誤解のひとつではあるが、それはこの際、好都合ではある。

それはつまり、人々が隣人の顔もわからぬまま、適当な名を与えてその名を呼べば返事が来る、と惑いなく信じることをよしとするわけだからね。

空と海と大地を統べる法が、かくも曖昧《あいまい》であることを知る者は少ないのだ。

たとえば、人々は信じている。いつまでも昼の次に夜が来る、夜の次に夜明けが来る、とそう理解している。沈んだ日は、次もまた同じように昇るのだと。

はたして、そうだろうか。

冬の次に春が来ると、春の次に夏が来ると、夏の次に秋が来ると、どうしてそう思えるのだろうか。

去年咲いた花は、また今年も咲くことを当然であると、なぜそんな無邪気に信じられるのだろうか。

もったいぶっているわけではないよ。

われはただ、皆の目にみえているものがすべて真実とは限らないと言っているだけだ。

星の輝きに永遠をみる者たちに対して、幼子のような無垢な心を感じているだけだ。

この大地を統べるものごとは、皆がそう感じているほど単純ではない。そのことを知って欲しいだけなのだ。

皆が無邪気であればあるほど、われにとってはことを進めるのが楽になるのだがね。

故《ゆえ》にわれは、きみに対してのみ、こう語ろう。

沈んだ日が、また同じように昇るとは限らない。

冬の次に春が来るとは限らない。

去年咲いた花が、また今年も咲くとは限らない。

なぜなら、われの望みが叶ったとき、この大地を支配する古い法は、その支配を終えるのだから。

神が降りるとは、そういうことなのだ。

それでもきみは、われを手助けしてくれるかい？

部族のすべてを、この世のすべてを謀ってでも。

いい返事だ。

ありがとう。

第2話　天の御柱へ

エリッサは、予告通り四日で一千騎の出兵を準備してみせた。

ティグルとリム、ソフィーがこの一千騎を率いて、出立する。方角は南西、おおよそ七日の距離。

ジスタートの使者にしてかの地で弓巫女《アルディア》に匹敵する地位にあるソフィーヤ＝オベルタス。彼女が天の御柱と呼ばれる建国の物語に出てくる石柱で神託を受けるため、両国の友好のため、これを導く……。

というのが旗下の兵たちに伝えられた出兵の経緯である。

ティグルの主な目的は、延び延びになっていたこの地の妖精たちの女王に挨拶することだ。同道するソフィーとしても、ネリーが天の御柱に関するあれこれを調べていたのはなぜなのか、そのあたりの調査は喫緊の課題であった。

馬に乗った集団が草原を渡る。

一千騎が数騎ごとに固まって、替え馬と共に前後左右へ広がって進む。

北大陸《ネステール》の騎士たちと違い、この地の騎兵は普段から長い列をつくるような、効率の悪い行軍をしない。馬の調子と機嫌に任せて、一見ばらばらに、自由気ままに進む。

街道などろくに存在せず、なだらかな草原が延々と続くこの島の地形が、そのやりかたを肯定するのだ。

ときに立ち止まり、草を食ませる者もいる。採集した果実をかじりながら馬を進める者もいる。指揮官であるティグルたちより先に行く馬もあれば、はるかに遅れる馬もある。

小隊の指揮官の視界から外れるほど離れそうになると、乗り手は慌てて馬を駆けさせ、合流する。

それさえ守れば、いざ敵と遭遇したとき、すぐまとまって戦う準備を整えることができるわけである。

重要なのは、それまでいかに馬を気遣《きづか》い、馬に寄り添い、本番まで力を温存できるか。それを彼らは、よく知っているのだった。幼少期から馬に慣れ親しみ、人生のほとんどの時間を共に暮らす彼らであるから、馬の心はよく理解している。

今回は往路七日の予定であるが、旅がもっと長いなら、馬を気遣い長持ちさせることがいっそう肝要となる。

「天の御柱に関する調査といっても、なにをすればいいのかさっぱりだわ」

ソフィーがティグルのそばに馬を寄せ、花が咲いたように笑う。

「ひょっとしたら、ティグル、これについても、あなたの探している妖精に話を聞いた方が早いのかもしれないわね。あの弓の王を名乗る者は、とても人とは思えない力の持ち主よ。人ではない者についてなら、妖精の方がよく知っているんじゃないかしら」

「その可能性はあると俺も思っている」

ティグルは遠くをみつめながら言った。

草原の彼方に森がみえる。あの森にも、きっと妖精が棲んでいるのだろう。先頭の群れが森を迂回《うかい》するため進路をずらす。後の群れがそれに従った。

「とはいっても、妖精だってなんでも知っているわけじゃないだろう。知っていたとしても、彼らは人とは違う考え方をする。素直に知っていることを教えてくれるとも限らないし、味方になるのか敵になるのかもわからない。アスヴァールでも、蘇った円卓の騎士のひとりが妖精を友としていたんだ。この地の妖精は俺たちの敵を友として、俺たちの敵にまわるかもしれない」

「妖精が敵に……。それは、怖いことだわ」

ソフィーは顔を曇らせる。

「だったら、なおさら早く妖精と接触して、どういう態度を示すのか知っておかないといけないわね」

虚《きょ》を衝《つ》かれて、ティグルはソフィーの顔をまじまじとみつめた。

「どうしたの、ティグル。わたくし、へんなことを言ったかしら」

「いや、きみの言う通りだと思った。怖いからこそ、知る必要がある。その通りだな」

この人物は、今は亡きジスタートの王に命じられ、外交官として頻繁《ひんぱん》に他国へ赴《おもむ》いていたという。

そんな彼女だからこそ、今のような言葉が出てくるのかもしれない。

未知の対象を相手にするときは、怖いからこそ、まず近づいて調査する。

知らなければ始まらない。そこを避けていては、脅威に打ち勝つことはできないということだ。

「きみが天の御柱に赴くとしても、まずは俺が森に入って、妖精たちと渡りをつけてからにしてくれ」

「そうね。あなたは南大陸《メリデール》で、森に棲む彼らと無事に接触できたのでしょう。そのあたりは任せるわ」

「接触できたといっても、あのときはマゴー老の案内があったからな」

そのマゴー老は、今回、同行していない。

旅は老体に堪えるだろう。彼はこの半年、ずっと部族のために働いていた。その疲れをとって貰うべきだ、というのがエリッサの判断であった。

ティグルとしても、彼にはだいぶ世話になっている。無理は言えない。

「マゴー老からは、俺なら大丈夫だって保証されたけど……」

「なら、きっと大丈夫よ。それに、あなたには黒弓があるのでしょう」

「この弓か……」

ティグルは己の弓を撫でた。

「ネリーは、これの昔の持ち主だったみたいだ。俺よりもよくこの弓のことを知っているようだった」

「そうね。でも今の持ち主は、ティグルヴルムド＝ヴォルン、あなたじゃない」

「この弓の不思議な力には、まだわからないことがたくさんある。そうだ、アスヴァールで精霊から教わったことがある。戦姫の助力があれば弓の力を引き出せる、という話で……」

ティグルはかつて精霊モルガンから教わったことを、そして戦姫ヴァレンティナの力を借りて弓の力を引き出したことをソフィーに語った。

「あなたの助けがあれば、ヴァレンティナと共に戦ったあのときのような力を引き出せるかもしれない」

「ヴァレンティナは、そんなことひとことも言っていなかったわ」

「そういえば、あまり仲は良くないんだったか」

「昔はそうだったわ。でもアスヴァールから帰ってきた彼女は、少し変わった。なんというか……柔らかくなったと言うべきか、それとも肩の重しがとれて身が軽くなったとでも言うか……」

ソフィーは微笑む。

「ティグル、あなたのおかげかもしれないわね」

　ティグルは首を巡らせた。

「これといって、心当たりはないな」

「あなたと話をしていて、思ったのよ。彼女はきっと、あなたみたいな人が天敵なのね」

　ティグルは首をひねった。今のは褒められたのだろうか。それとも遠まわしな嫌味かなにかなのだろうか。

「あなたの言う黒弓の力、試しにここで引き出してみる？」

「大きな力なんだ。こんなところで使えば、皆を、なにより馬を驚かせることになる」

「じゃあ、練習もなしに本番を迎えるつもり？」

「時機をみて行おう」

　ヴァレンティナの力を借りたときも、試射を行った上でのことだった。ティグルはあれで感覚を掴めているつもりだが、もう一年以上も前のことであり、しかも相手が違えば同じように行くとも限らない。やはり事前の準備は必要だろう。

　あのとき、本番で射た相手は精霊マーリンだった。幸いにして一撃で仕留めることができたが、手間取れば両軍にどれほどの被害が出たかわからない。ティグルやリム、ギネヴィアも無事では済まなかったかもしれない。

　今回、あるいはネリーが本気を出してきたら……はたして、黒弓のこの力で、どこまで対抗できるだろうか。

「こんな力、必要がなければそれでいいんだけどな」

「相手は、弓の王を名乗る者よ。楽観的な見方なんてできないわ」

ソフィーの言う通りだろうな、とティグルも思う。

†

『砂蠍《アルピラ》』の新たな魔弾《デウリア》の神子であるラクマザルは苛立《いらだ》っていた。

「あの魔の者め。卑《いや》しい白肌の化け物め。よくも、よくも兄を、兄嫁を！　許さん、奴だけは絶対に許さんぞ！」

草原を駆ける馬の上で吠える。隻眼の偉丈夫《いじょうぶ》であった。左目に眼帯をしている。背中に緑の蠍の刺青《いれずみ》が入っていた。

『砂蠍《アルピラ》』にはいくつもの支族があるが、緑の蠍は代々魔弾《デウリア》の神子を継承する主族の者だけが許された刺青だ。

誇り高き『砂蠍《アルピラ》』の指導者の家系、その末裔《まつえい》がラクマザルであった。

彼には兄がいた。心から敬愛する人物で、偉大な男だった。先代の魔弾《デウリア》の神子であった。

『砂蠍《アルピラ》』を率いて北大陸に攻め込むという気宇壮大《きうそうだい》な理想を抱いていた。頭の固い商家から一部を引き抜き、カル＝ハダシュトの都を占拠し、ほかの六部族の弓巫女と魔弾《デウリア》の神子を始末したうえで、軍艦を奪取する。

かくして『砂蠍《アルピラ》』を中心としたカル＝ハダシュトはおおきく版図を広げる、はずだった。

完璧な計画だった。あと少しで上手くいくところだったのだ。

野望と理想は、あの男のせいで灰燼に帰した。あの邪《よこしま》な魔の術を行使する者。白肌の邪悪な男。邪弓の使い手。

ティグルヴルムド＝ヴォルン。

旗艦を占拠したラクマザルの兄は、あの男の放った邪悪な術によって殺された。死体も残らぬ激しい爆発であった。兄嫁である弓巫女も兄と運命を共にした。

『砂蠍《アルピラ》』は魔弾《デウリア》の神子と弓巫女を共に失い、窮地に追い込まれた。

ラクマザルが新しい魔弾《デウリア》の神子となり、新しい弓巫女と共に『砂蠍《アルピラ》』を率いることとなったのは、そんな状況でのことだった。

『黒鰐《ニーゲラ》』と『森河馬《ハイポータ》』は理不尽な理由で攻撃してくる。多くの者が彼らに討ちとられた。

だが、ラクマザルの怒りはこの二部族よりも、『天鷲《アクイラ》』と『一角犀《リノケイア》』に向いている。

「奴さえいなければ、俺たちこそがすべての頂点に立っていたのだ」

そう、心から信じていた。

皆が、そう信じていた。

「これより我ら『砂蠍《アルピラ》』は、白肌の化け物に一矢報いるべく、行動を開始する！　皆、ついてこい！」

あちこちで、威勢のいい声があがる。

次々と馬首を巡らせた。騎馬の群れは土煙をあげて征く。

†

旅の一日目は、まだ大宿営地や周辺の宿営地との距離が近いこともあって、早馬が何度か訪れて、情報を届けてくれた。

情報のなかには都の神官から得たものもあり、古い文献に「かつて天と呼ばれしもの、今や虚なり」「朽ちたる御身、この大地となりて」「なれば御身を崇《あが》め奉《たてまつ》るは虚ろなる社」という文言があったのだという。

「この地の神様は、名前すら忘れられたと聞いていましたが……神官たちが発見した文献を信じるなら、そもそもこの地の神様は亡くなっているということでしょうか」

馬を降りて休憩の最中、リムは使者から渡された手紙を一読して、首をひねる。

「神様って、亡くなるものなのかしら」

ソフィーが素朴な疑問を口にした。さて、とティグルを含めた三人で顔を見合わせる。

「俺たちは、この世界のことについて、なにも知らないのかもしれないな。猫の王ケットや善き精霊モルガンに、もっといろいろ聞いておけばよかった」

「ですから今、この地の妖精のもとへ赴くのでしょう？」

リムの言う通りだった。後ろ向きに考えていても仕方がない。

別の連絡も来ていた。たとえば『砂蠍《アルピラ》』に関することだ。

『砂蠍《アルピラ》』の魔弾の神子《デウリア》の生存が確認されたという。弓巫女についてはわからないが、『砂蠍《アルピラ》』の矢が放たれたらしいので、生きていたか新たな者が弓巫女となったか……。

いずれにしても、『砂蠍《アルピラ》』は指導者の不在という混乱を起こさず、強い抵抗の意志を持って『黒鰐《ニーゲラ》』と『森河馬《ハイポータ》』の連合軍を相手に戦っているとのことであった。

懸念されていた通り、『砂蠍《アルピラ》』は商家の一部と連係し、小部族のいくつかとも同盟を結んでいるという。

そのなかには、先日の小部族連合との戦いの際、『一角犀《リノケイア》』を襲いティグルたちに蹴散らされた小部族も含まれている。

「下手をすると、『砂蠍《アルピラ》』と組んで俺たちの大宿営地が襲われる可能性も出てきたな。弓巫女ディドーはなんと言っていた？」

「魔弾の神子様《デウリア》におかれましては、戻る必要はない、こちらでなんとかする、と……」

使者の兵士がエリッサの言葉を告げる。

「『黒鰐《ニーゲラ》』と『森河馬《ハイポータ》』に『砂蠍《アルピラ》』の情報を流すだけで、彼らが張り切ってくれるのだから問題はない、とのことです」

「たしかに、マシニッサたちに任せるべき案件か。『森河馬《ハイポータ》』としては魔弾《デウ》の神子《リア》の仇《かたき》なわけだしな」

なお『森河馬《ハイポータ》』は新たな魔弾《デウ》の神子《リア》を選定し、その者が先頭に立って『砂蠍《アルピラ》』に攻勢をかけているとのことであった。

少々、前のめりすぎる様子で、危うく敵の罠にかかりそうになったところを、マシニッサに救出されたという。以来、少しは反省したのか、両部族は足並みを揃えてちゃくちゃくと『砂蠍《アルピラ》』を追い詰めるべく兵力を展開しているようである。

時間はかかるが、このままであれば『砂蠍《アルピラ》』の敗北は揺るがないだろう。

「そういえば、落としどころについて聞いてなかったな。『黒鰐《ニーゲラ》』と『森河馬《ハイポータ》』は『砂蠍《アルピラ》』に対してどんな制裁を科すつもりなんだ」

「マシニッサ殿は、今回の首謀者である長老の一部と魔弾《デウ》の神子《リア》の首でことを収めるおつもりでしょう。彼らについた商家も同様に、頭目と幹部の首だけで終わらせるはずです」

そういうことに詳しい『天鷲《アクイラ》』の古参の兵がティグルの疑問に答えた。

「ですが、『森河馬《ハイポータ》』が血気に逸《はや》れば、女子どもの虐殺に至るかもしれません」

「まああることなのか」

「ギスコは珍しい指導者ではなかった、ということです」

『一角犀《リノケイア》』を率いて『天鷲《アクイラ》』を追い詰め、最終的にはティグルに討たれた魔弾の神子《デウリア》ギスコは、『天鷲《アクイラ》』の戦士を殺すのみならず、女子どもに対しても残虐《ざんぎやく》な仕打ちをしたという。

それは仲間である『一角犀《リノケイア》』に対しても発揮され、『一角犀《リノケイア》』のほとんどの戦士が彼をひどく恐れた。

「獅子は一頭の縞馬を殺し、十匹の縞馬を統率する。恐怖は人を率いるのに便利な感情、という意味の、この地の言葉ね」

ソフィーが言った。

「でも『森河馬《ハイポータ》』の場合、それとは違うのではないかしら。復讐の心は、恐怖よりもっと厄介な感情よ。利益があってすることではないのだもの」

もっとも、と彼女はつけ加える。

「集団として、国として、復讐、報復に及ぶ必要があるときもあるわ。たとえば他国の者に王が暗殺されたら、落とし前をつける必要がある。そうしないと外から舐められるものね。わたくしがこの国に赴いた理由が、そういうことだもの」

「『森河馬《ハイポータ》』の場合は、きちんと報復しないと舐められるから、という理由で戦っているわけではなさそうだが……」

都で別れたときの、憔悴した『森河馬《ハイポータ》』の弓巫女の顔を思い出す。若い彼女と新しい魔弾《デウリア》の神子は、どこまで冷静に部族を統率できるのだろうか。

「いずれにしろ、今の我々には手が出せません。他所の部族の争いについては、情報を集めるだけに留めておく。そういう方針です」

「それは、そうなんだが……」

ティグルは少し引っかかるものを感じていた。七部族の争い。流れ続ける血。彼らはこの広大な大地で、ずっとこうして戦い続けてきたのだろう。

であれば、これもそんな凄惨な歴史の一部に過ぎない。

ティグルたちはもっと別のことを考える必要がある。そのはずである。しかし、意識のどこかが、本当にそれだけなのかと囁くのだ。

少し考えたあと、首を横に振る。

「いや、すまない。その通りだな。今は天の御柱のことだけを考えよう」

そう結論づける。


休憩が終わり、使者は去っていく。

旅が続く。

森を避け、草原に広がり、馬たちに草を食ませながら距離を稼ぐ。

南中からしばらくして、日が西の空に半分ほど傾いたころ、一日目の行軍が終わった。

†

野営地は、川の近くを選んだ。

一千人とその倍の馬の水を確保するもっとも手軽な方法だからだ。

馬を降りた騎兵たちは手分けして馬に水をやり、天幕を張り、焚《た》き火《び》をつくる。周辺の小部族に使いの馬を出して、新鮮な食料を買う。

保存食も持参してあるが、それはなるべく温存しておきたかった。

同時にこれは、小部族への挨拶と情報収集も兼ねている。

各地に住む小部族の情報網は侮《あなど》れないという。

「この周辺の小部族は『天鷲《アクイラ》』と『一角犀《リノケイア》』に友好的なところが多いのです」

と部下が言う。もっとも、友好的ではない小部族は先の連合に参加し、ティグルたちに蹴散らされ、島の南部に逃走したというだけのことであった。

彼らと入れ違いにやってきた小部族は『天鷲《アクイラ》』と『一角犀《リノケイア》』に対して友好的な態度を示してきた。両部族はこれを受け入れ、彼らの馬や羊が宿営地の周辺でうろつくことを許した。現在はそれに加え、エリッサの計らいで商家の隊商もたびたび訪れるという。

いずれの小部族からも、族長が自ら挨拶に来た。

族長たちは馬を降りて、ティグルとリムに平伏する。

考えてみれば、ティグルは魔弾の神子《デウリア》であり、リムは弓巫女だ。こちらから呼びつけるのが本来の習わしであるらしく、族長たちは挨拶の言葉と共に、貢物《みつぎもの》をたっぷりと置いていった。

女も来ていた。酒を注ぐ女に、歌う女。皆、娼婦《しょうふ》だ。

ティグルは古参の兵と相談の上、きちんと金を払うように、くれぐれも暴力は戒めるようにと命じて女たちとの接触を許した。

「この地の習わしがわからないから、いちいち気を遣うな」

「場所が違えば男と女の関係も変わりますからね。ましてやここは北大陸から離れた島。我々の文化や価値観で判断するわけにもいきません」

「特に血の繋がりに関する文化の違いは興味深いわ。刺青で部族を表すからこそ、婚姻という概念に囚われない文化ができたのね。それとも因果《いんが》が逆なのかしら。部族の間で血の交流が必要だったから……」

ソフィーはティグルの交渉をみて、ずいぶんと興味をそそられたようだ。兵や娼婦たちが困惑するほどあれこれと男女の風習についての話を聞いていた。彼女はこの地に来て間もないが、この地の言葉は驚くほどの速さで上達している。

「時間があれば、もっといろいろ調査したいわ」

いろいろなものごとに興味を抱き、積極的に人々と意見を交換するから、それも当然のことなのだろう。きっと『赤獅子《ルベリア》』でも、向こうがうんざりするほど質問責めにしたに違いない。

小部族のなかには、特に情報を集めることが得意な部族もある。

移動し続けている各部族が今どこにいるか、なにをしているか、なにに困っているか。常にそれらを調査し、得た情報を売り買いすることでさらに情報を積み増す。そのうえで、もっとも安全な場所に移動する。

そういった部族のひとつから、『砂蠍《アルピラ》』の最新の情報を得ることができた。

彼らは計略によって『黒鰐《ニーゲラ》』と『森河馬《ハイポータ》』の追撃を振り切ったという。

具体的には、軍勢をいくつかに分け、そのうちのひとつが殿となって時間を稼ぐことで残りがてんでばらばらの方角へ逃げ去った。殿の軍勢は全滅したが、魔弾の神子《デウリア》も弓巫女も健在であるとのことである。

「面倒なことになりましたね」

「しぶとく生き延びることに決めたみたいだな」

リムの意見にティグルも賛同する。

手間がかかるな、という直感があった。二部族でかかればあっという間に叩き潰せるという当初の目算は、もはや完全に瓦解している。

それでも最終的な『砂蠍《アルピラ》』の敗北は免れないだろうが……。

「まるで時間を稼いでいるみたいね」

ソフィーが呟《つぶや》く。ティグルとリムの視線が彼女に集中する。

「あら、ごめんなさい。騎馬部族の戦い方なんてわからないし、この先の展望なんてまるで読めないけど、ただそう思っただけなの」

「時間を稼いで、『砂蠍《アルピラ》』になんの得があるか、というところが重要ですね」

リムが言った。ソフィーは彼女の言葉にうなずいてみせる。

「増援の目算がついているとしたら、どうかしら」

「今の『砂蠍《アルピラ》』に味方するのなんて、小部族の一部だけだろう。いや……」

ティグルは少し考えて、ふと気づく。

「つまりソフィー、きみが想定しているのは、『赤獅子《ルベリア》』と『剣歯虎《サベイリ》』が『黒鰐《ニーゲラ》』と『森河馬《ハイポータ》』の後背を突くことか」

「あくまで可能性としてはあり得る、ということよ。弓の王を名乗る者が双王《そうおう》の座を目指すなら、ここで横殴りする利益はおおきいのではないかしら。『天鷲《アクイラ》』と『一角犀《リノケイア》』は弱体同盟に過ぎず、大勢に影響を与えられない。加えて、こうして軍を割って魔弾の神子《デウリア》が不在。そうでしょう？」

「俺たちが遠征することを読んでいた、と？」

ティグルの言葉に、こんどはソフィーが考え込んだ。

「そうなると、わたくしが『赤獅子《ルベリア》』で聞いた話も、わたくしたちの注意を天の御柱に引きつけるための誤情報だった、ということになるわね」

迂遠《うえん》だが、ネリーはティグルやリム、ソフィーが彼女の動向を注視していることをよく認識していたに違いない。ネリーが注目するものを投げ与えれば、即座に喰いつくだろう、と考えるのはそう難しい話ではなかった。

「まんまと罠にかかった、のか？」

「いえ、おそらくそれはないでしょう」

リムが首を横に振った。

「理由は単純です。エリッサが言っていたではないですか。弓の王を名乗る者は、双王の座に興味がない。その見立てに従うなら、『赤獅子《ルベリア》』と『剣歯虎《サベイリ》』が戦を仕掛けるつもりだという前提が覆ります」

「弓の王を名乗る者が玉座に興味を持っていない、というのはエリッサの見立てよ。彼女を信じているのね」

ソフィーが微笑む。リムは真面目くさった顔でうなずいた。

「エリッサと弓の王を名乗る者は、どうも皆の想像以上に互いを理解し合っているように感じるのです」

「でも、あのふたりが旅をしたのは、そんなに長い期間じゃないんでしょう？」

「とても奇妙なことですが、都での戦いのときも、弓の王を名乗る者はエリッサのことをとても大切に扱っているフシがありました。それこそ、『赤獅子《ルベリア》』の弓巫女よりも」

「よくみていたな、リム」

「あなたは前方を警戒していましたからね。私はエリッサを守らなければと思って、彼女とそのまわりを頻繁に観察していました」

ではネリーの目的とはなにか、というところに結局は行きつく。彼女が行方不明であることは、この際、あまり問題にはならない。

ティグルたちはネリーという人物について、その特異性だけはよく認識していた。

彼女が無事であり、なんらかの目的を持って暗躍していることは確実なのだ。

「今から大宿営地に戻ることはしない」

ティグルはそう結論づけた。

エリッサと連絡をとったとしても、彼女はきっと同じことを言うだろう。

「俺たちが天の御柱に赴くことでしか得られない情報があるなら、それをとってくることで、今後の行動の幅がおおきく広がる。危険と対価を天秤にかければ、ここは無理にでも進むべきところだ」

「そうですね。『砂蠍《アルピラ》』の行動については、ほかの意図も考えられます。たとえば彼らが期待してる援軍が他国のものであったとしたら、どうでしょう」

「七部族の弓騎兵に匹敵する援軍を出す国なんて、存在するのかしら。北大陸の国家はどこも無理よ。そうなると、キュレネーになるけど……あの国からこの島まで、どれだけの距離があるのかしら」

この島に援軍を出すのはまず無理だろうなとティグルは思う。リムとしても、仮定のひとつとして挙げただけなのだろう、あまりその説に拘泥する気はなさそうだった。

「そもそも、援軍の期待すらしていないのかもしれませんね。万策尽きて、ただ少しでも生きあがくためにとっただけの延命手段なのだとしたら、こうして考察していることが馬鹿馬鹿しくなります」

「戦争の準備なんて、無駄になればそれが一番よ」

外交官としてあちこちの国をまわっていた彼女の言葉だけに説得力がある。

実際のところ、ティグルたちが本来、この国を訪れた目的のひとつはエリッサを助けてジスタートに戻ることである。

極端な話、『天鷲《アクイラ》』と『一角犀《リノケイア》』が壊滅してもエリッサの身柄さえ助け出せれば、その目的は果たせる。ネリーが暗躍しているとしても、彼女はエリッサに危害を加えないだろうな、と想像できた。

とはいえ、『天鷲《アクイラ》』と『一角犀《リノケイア》』を見捨てることができるかというと、それは別問題である。

ティグルは両部族の魔弾《デウリア》の神子となり、リムは『一角犀《リノケイア》』の弓巫女となってしまった。地位や立場を得た今、彼らを赤の他人として見捨てるわけにはいかない、という気持ちがある。

加えて、もうひとつの目的が問題となる。

ネリー。弓の王を名乗る者。かの存在について調査すること。

ソフィーは、そちらに重点を置いてこの地を訪れた者だ。彼女がこの遠征に同行している理由でもある。その使命を果たすためには、『天鷲《アクイラ》』と『一角犀《リノケイア》』の助力が欠かせないだろうという確信がティグルにはある。

今回、一千騎の同行を許したのもそのひとつだ。

大規模な遠征になってしまったが、そのおかげで小部族の方から簡単に情報を得られた。もしティグルとリムだけだったらどうだろうか。下手をすれば、与しやすい白肌の旅行者と侮られ、小部族の襲撃を受けた可能性すらあっただろう。

部族民は白肌というだけで下にみる者も多い、とはエリッサからよく聞かされたことであった。その場合でも、注意して旅をすれば切り抜けられたかもしれないが……。

そんな危険を背負ってまで、少数で行動する必要はない。

よほど切羽詰《せっぱつ》まっているなら話は別だが、幸い、今のティグルたちには、時間的にも資源的にもそれだけの余裕があるのだった。

今回、そうした余裕を能動的につくり出せる環境があったということである。

理由は、はっきりしていた。

エリッサ、つまり弓巫女ディドーだ。

ティグルとリムが南大陸を訪れるまでの間に、彼女が入念な事前準備をしてくれていた。エリッサや『天鷲《アクイラ》』にとってティグルとリムは救い主だったかもしれないが、ティグルとリムにとってもエリッサと『天鷲《アクイラ》』は行動の自由を確保できる最高の手札となっている。

その手札を自ら捨てる必要などない。

理屈で考えれば、そうなる。

無論、実際に『天鷲《アクイラ》』や『一角犀《リノケイア》』の人々と触れ合った今、彼らを見捨てることなどできない、という感情的な部分は強いのであるが……。

ジスタートの公人とブリューヌの貴族であるふたりにとって、ただ感情だけで気ままに動くことは良しとされるものではなかった。

外交官として赴いたソフィーに至ってはなおさらであろう。

今のところ、彼女が『天鷲《アクイラ》』と『一角犀《リノケイア》』に肩入れしていることについてほかの部族も商家もなにも言ってきていないが、これは厳密にいえば他国の内部に過度の干渉をしているとみられる可能性があった。

そのあたりについては、一度、ソフィーと話し合っている。

「商家はわたくしに対して借りがあるもの。たまたま大火の日に私がカル＝ハダシュトの都にいて、『砂蠍《アルピラ》』に襲われている彼らを助けた。商家だけでは港を守ることができず、わたくしのおかげであれだけの被害で済んだ。これはカル＝ハダシュトという国がジスタートに対して負債を背負ったに等しいことよ。多少の内政干渉は受容されるほどのこと。今のところ、わたくしは商家の味方であり続けているのだしね」

厳密には商家と親しい『天鷲《アクイラ》』に協力しているというかたちだが、少なくとも『砂蠍《アルピラ》』と彼らに協力していた商家の裏切り者たちが排除されるまではこのまま問題なくティグルたちに手を貸すことができるだろう、とソフィーは言う。

「問題は、その後ね。特に、ネリー。弓の王を名乗る者がこの国全体に権力を行使する場合、わたくしと商家の利害が対立するかもしれない。その場合、わたくしは得られるだけの情報をかき集めて帰国するしかないでしょう」

たとえネリーがジスタート王を討った者であるとしても、ソフィーがネリーと対立する側に与して戦うとなれば、内乱を煽《あお》るに等しい。

ジスタートが本気でカル＝ハダシュトに戦争を仕掛けるつもりなら話は別だが、今のところ彼女にはそんな権限などないし、そもそも次の王すら決められぬジスタートに戦を仕掛けるような余力などなかった。

この国に赴く者としてソフィーが選ばれたのも、彼女ならばそんな無茶はしない、とほかの戦姫や有力貴族たちから信頼されているからであるという。

「でも、いらぬ心配だったかもしれないわね。弓の王を名乗る者について調べれば調べるほど、そんな風に国を使って姑息《こそく》に逃げるような真似《まね》、彼女がするとは思えないわ」

「たしかに、それはあるな」

ティグルは彼女の意見に同意した。ネリーは、戦えと言われれば堂々と矛を交えてくるだろう。

「弓の王を名乗る者は、我らジスタートの王の仇であることと、なにを考えているのかわからないところを除けば、好感を抱くこともできる人物かもしれない。ジスタートは、将来的に彼女と手を握る必要があるかもしれない。この地を訪れてから、そのあたりまで見据えて動く必要が出てきたわ」

「手を握る可能性は除外していい」

ティグルはあっさりとそう告げた。ソフィーはきょとんとした表情になる。

「どうしてそう思うの」

「あいつはどうせ、ロクでもないことを考えている。エリッサがそう言っていた以上、そうなんだろう」

「師弟関係のリムはともかく、あなたもあの子をずいぶんと信用するのね」

「エリッサには、人の本質を見抜く才能があるよ。そんなエリッサが、あれだけ親しい人物を指して、自分と彼女はいずれ対立すると言っているんだ」

問題は、いざネリーと戦って勝てるかどうか、ということなのだが……。

それについては、今はまだ考えないでおく。

†

旅の二日目は、北から吹く風が強かった。

風に追われるように、馬の歩みも速くなる。

これだけの大移動となると野生の獣たちは驚いて逃げる。遮《さえぎ》るものもない草原で起こる問題は、誰の馬の調子が悪いとか、誰が二日酔いでへたばっているとか、その程度のものであった。

どうしても行軍についていけない者がいれば後送するつもりであったが、幸いにして現在のところ深刻な事態に陥る者はなかった。

馬の不調についても替え馬で対応できる範囲のものだ。必要であれば、小部族から新しい馬を買い入れるという手もある。

三日目になった。

穏やかな旅が続く。

交代で狩りをしてその日の食事を賄った。内陸を進むにつれ、草原をうろうろする獣の数が増えていく。狩りで獲物の数を競うのは、退屈な行軍の貴重な気晴らしになるようだった。その日、もっとも優秀だった狩人には近隣の小部族から買った酒が振る舞われる。

この日はティグルも狩りに参加し、同行した数十人のなかでもっとも高い戦果をあげた。

「たまには狩りをしないと、腕が鈍るからな」

と微妙な言い訳を残し、ティグルは私費を投じて皆に酒を振る舞った。

「兵の心を掴むのが上手いのね」

騎兵たちの魔弾の神子《デウリア》を讃える声を聞きながら、ソフィーが感心している。

ティグルとしては故郷のアルサスの民に対して振る舞うのと同じような気持ちで彼らに接しているだけなのだが、その近い距離感が彼らの友好と忠誠を買っているようだった。

「ブリューヌの貴族としてはいささか軽率かもしれませんが、この地に骨を埋めるなら、ティグルにとっても悪いことではないかもしれませんね」

「万一そうなったら、リム、きみもいっしょに骨を埋めてくれるか」

「そのときは、仕方がありませんね。あなたをひとりにするのは不安ですし」

ふたりの会話を聞いていたソフィーが「ここはやけに蒸すわね」と笑って去っていった。


四日目の夜。

『砂蠍《アルピラ》』の襲撃を受けた。

『砂蠍《アルピラ》』の魔弾《デウリア》の神子ラクマザルは、索敵の鉄鋏隊《てつきょうたい》からの報告に歓喜した。

ついに奴の、ティグルヴルムド＝ヴォルンの、悪しき汚れた白肌の尻尾《しっぽ》を捕まえたのだ。

これで自分たちに課せられた数多の苦難、そのすべてが報われる。

『砂蠍《アルピラ》』は終わりだ。だからといって、まだやるべきことは残っていた。『黒鰐《ニーゲラ》』と『森河馬《ハイポータ》』の追撃を振り切り、ラクマザルは精鋭の騎兵と共にカル＝ハダシュト島の中央を目指したのである。

そこに奴がいると知っていた。

必ずや討ち滅ぼさねばならぬ者がいる。ティグルヴルムド＝ヴォルンがいる。兄と先代弓巫女の仇であり、諸悪の根源であり、この国に混乱を招く混沌の使者である者がいる。

あの者が、そう言っていたのだ。

「刺し違えてでも、奴だけは殺す。皆、ついてこい！」

応、と部下たちが勇ましい返事をする。士気は高い。

決戦だ。

†

夕日が落ちて、しばしのこと。水浴びの最中の女性たちが奇襲された。

旅に同行する女性は、リムとソフィーのふたりだけである。旅の間、ふたりは日が暮れたあと、野営地の近くに川があればそこで水浴びする。

四日目の夜も、そうしていた。

ティグルは「あなたもいっしょに水浴びしませんか」とソフィーに誘われて、リムに睨《にら》まれた。無論、即座に断り、野営地で兵たちが川の方へ行かないよう見張る役目を買って出ている。

もっともこのとき、馬から降りた二部族の強者たちは、近くの小部族からやってきた女と彼女たちが持参した酒に目がくらんでいた。

ティグルが見張りに立っているのも、くじで歩哨役となった者たちの不満を「魔弾の神子様《デウリア》もいっしょに見張りをしてくれているのだから」と宥《なだ》めるため、という理由がおおきい。自分から率先して汗をかく指揮官は尊敬を集めるものだ。

そういうわけで、川の方に注目する者は誰もいなかったということだ。

野営地で最初に異常に気づいたのは、ティグルだった。

夜空が厚い雲に覆われて、焚き火から十歩も離れればぬばたまの闇が広がっている。野営地の端から川までは五百歩以上離れていた。

そんな状況で、ティグルの耳に、金属がぶつかりあう音が届いたのである。

「今、なにか聞こえなかったか」

「いえ、魔弾の神子様《デウリア》」

周囲の兵たちに訊ねれば、彼らは揃って首を横に振る。

「わかった、ここで待機していてくれ」

ティグルは黒弓と矢筒だけを持って手近な馬に飛び乗り、川へ向かった。

闇のなか馬で川に近づけば、浅瀬で激しい水しぶきの音が聞こえてくる。

金属と金属が衝突するかん高い音と共に、火花が激しく飛び散った。

暗闇で、人影同士がなんどもぶつかり合っている。

そのうちのひとつは、長い棒状のものを振りまわしていた。ソフィーだろう。その横で彼女にかばわれている無手の者が、おそらくリムだ。

ふたりを襲撃している影は、少なくとも四つ。

ティグルは馬上で弓を構え、ふたりを襲う影のひとつに矢を放った。

矢は空気を裂く音と共に闇へと吸い込まれ、影のひとつが呻き声をあげて倒れ伏す。

「リム！　ソフィー！」

ティグルは叫び、たて続けに矢を放った。影がひとり、またひとりと倒れる。残りの襲撃者たちは背を向けて、川の上流に逃げていった。

「怪我はないか！」

ティグルは河原で馬を降りると、ふたりに駆け寄った。

ちょうど雲に隙間ができて、銀色の月明かりが落ちた。リムとソフィーの裸身がティグルの前にさらけ出される。

ティグルは一瞬、唖然《あぜん》となってふたりの身体を凝視《ぎようし》した。

固まっていたのは、ほんのわずかの間である。ふたりの足もとで動くものがあった。ティグルはすぐわれに返り、そちらをみる。

襲撃者と思しき者が浅瀬に倒れていた。

あの都で戦った鉄鋏隊の、全身黒ずくめの服を着た男たちだ。全部で四人。ティグルの矢が刺さっている者が三人に、錫杖《しやくじよう》で頭を打ち砕かれた者がひとり。

「水浴びをしていたら、突然、この男たちに襲われたの。竜具《ヴイラルト》を呼び出して迎撃したら、驚いていたわ」

「竜具がいつでも所有者の手に戻ることは、公にはされていませんからね」

リムはそう言ったあと、ソフィーの身体を隠すように己が前に出る。

「ところで、ティグル。いつまでそうしているつもりですか」

「すまない。だけど今は、ふたりがそこから離れてくれ」

ティグルの矢はいずれも首や目などの急所を貫いているようにみえたが、先ほど蠢《うごめ》いたようにみえたし、油断はできない。

ティグルは倒れている敵から視線をそらさなかった。リムはため息をついたあと、ソフィーを促《うなが》してティグルの視界から外れ、服を取りに河原へ駆けていく。

危ないところだった、とティグルは安堵《あんど》する。鉄鋏隊だとしたら、彼らは毒を用いていただろう。まったく無防備なところを狙われてしまった。

これは計画的な襲撃なのだろうか。それとも偶発的なものなのだろうか。

いずれにしても、『砂蠍《アルピラ》』がこの近くに迫っている可能性がある。

騒々しい足音が近づいてくる。ティグルを追って、兵たちがやってきたのだ。幸いにして、リムとソフィーは手早く服を着終わっていた。

「魔弾の神子様《デウリア》、いったいなにが……」

「『砂蠍《アルピラ》』の襲撃だ。死体の検分は任せた。俺は野営地の様子を見に戻る」

兵たちは顔色を変えると、慌ててティグルの命令に従った。

気楽な旅は終わったようだ。

†

急いで野営地に戻ったティグルは、野営地を囲む柵の手前で、思わず立ち尽くしてしまった。

そこに広がっていたのは、戦に慣れた彼ですら呆然とするほど凄惨な光景であった。兵の多くが地面に反吐を吐いて倒れ伏していた。彼らは苦悶の声をあげ、喉を押さえてのたうちまわっていた。

周囲には杯が転がり、中身の葡萄酒《ヴィノー》や麦酒《ビエレ》が地面に染みをつくっている。助けを求める声があちこちから聞こえてきた。動かない仲間を激しく揺する者がいる。小部族から来た女たちに、どういうことだと激しく詰め寄る者がいた。それを制止する者との間で争いが起こっている。

野営地は混乱の極みであった。

ティグルの姿をみて、数名の兵が駆け寄ってきた。

「なにがあった」

「それが……酒に毒が入っていたようです。しかも酒を注いでいた女のうち数名が突然、隠し持っていたナイフで兵を斬りつけて……」

「『砂蠍《アルピラ》』だな。さっきリムとソフィーが鉄鋏隊に襲われた。ふたりは無事だ」

最低限の情報だけ共有する。

「全員、周囲を警戒しろ！　毒酒だけで終わるとは……」

ティグルが大声で命令を発しようとした、そのときだった。

野営地に、無数の矢が降ってきた。

兵や女の胸に、肩に、脚に矢が突き立つ。人々が悲鳴をあげる。小部族から来た女たちが逃げ惑った。

馬の背や尻に矢が突き刺さった。馬はけたたましい鳴き声をあげて駆け出し、近くの女を蹴とばす。吹き飛ばされた女は地面を転がった。首があらぬ方向へ折れ曲がり、二度と立ち上がらなかった。

闇から飛んだ幾本もの矢は、女も兵もかまわず襲っていた。

一手、敵の方が早かったのだ。

「西だ！　矢は西から降ってきているぞ！」

どこかから、比較的冷静な兵の声があがる。

ティグルは忸怩《じくじ》たる思いで弓弦を引き絞ると、闇から矢が飛んでくる西の方角に対して、たて続けに射かけた。

闇のなかでうめき声があがる。なんどかそれを繰り返すと、ティグルに対して集中的に矢が飛来した。慌てて、近くの天幕の陰に隠れる。さきほどの兵たちがティグルにつき従った。

「暴れた女は？」

「拘束し、尋問しようとしたところ、いずれも毒を飲んで死にました。残りの女たちへの対応は、どういたしましょうか」

「あまり手荒なことはするな。おそらく無関係だ。それより、暴れた女たちは小部族の者だったのか？」

「近隣の小部族を訪れた、流れの娼婦だったようです」

「小部族は、そういう者たちも簡単に受け入れるのか」

「部族によって事情は違いますが、男が少なくなった部族は女が旅をして種を持ち帰る、ということもあるのです」

そういえば、とティグルは思う。

この国の騎馬民族の男は、皆が己の部族の刺青を身体の目立つところに入れている。だが女たちには刺青がない。ほかの部族を騙ることも難しくはないだろう。

「カル＝ハダシュトの都では放火、ここでは毒酒で弱らせたうえで、夜襲を仕掛ける。『砂蠍《アルピラ》』の得意な作戦を把握していなかったのは、俺の失策だな」

「ですが、なぜ我々が狙われたのでしょう？」

兵士のひとりが呟く。

「『砂蠍《アルピラ》』は『黒鰐《ニーゲラ》』と『森河馬《ハイポータ》』の相手で手一杯なはずです」

ティグルとしてもそこが疑問であった。『砂蠍《アルピラ》』がわざわざ、この『天鷲《アクイラ》』と『一角犀《リノケイア》』の混成部隊を狙う意味がわからない。

「考えるのはあとだ。実際に狙われている以上、対処するしかない。解毒剤の用意はあるか？」

「多少は持ってきています。ですが、これほど多くの者が毒を呑むことは想定しておりませんでしたので……」

矢の雨が降っているにもかかわらず、無防備なまま倒れて呻くだけの兵は多い。少なく見積もっても、五十人はいるだろう。全員を救うことはできない、ということだ。

「いったいなにがあったのですか」

リムの声がして、振り返る。

徒歩のリムとソフィーが野営地に戻ってきた。ティグルはふたりに対して、手短かに状況を伝える。

「毒酒を呑んだ兵を連れてきてください」

ソフィーが告げた。ティグルはちらりとリムをみた。リムがうなずく。

「わかった、頼む」

ティグルは毒で苦悶する兵を何人か連れてくるよう命じた。すぐ命令が遂行される。

矢の雨が降り注ぐなか、数名の兵が危険を冒して苦しむ仲間を連れてきた。

喉を押さえて苦しんでいるその数名の兵の前に、錫杖を手にしたソフィーが立った。

「我が地を祓え舞い散る花片《スリプティーエ》よ」

錫杖から眩い白光が広がった。光に包まれた兵が、呆然とした様子で立ち上がり、己の喉を撫でさする。

「喉の痛みが……消えました」

　それをみていた兵たちの間で、驚きの声があがる。

「竜具の力か。たいしたものだ」

　ティグルは周囲の兵をみまわし、これが七部族に伝わる矢と同じような神器の力によるものであると伝える。

「毒矢を受けた者も連れてきてください」

「傷も癒せるのか？」

「いえ、これは毒を消すだけの力です。現在、毒消しは貴重でしょう？」

　その通りだった。加えて、毒消しよりも確実で、効果が高い。

「ソフィー、きみのおかげで毒を受けた兵を全員、助けることができる。どうか、皆のことをよろしく頼む」

「はい、ここは頼まれました。ティグル、あなたは敵への対処を」

　未だ、矢の雨は降り続いている。兵のひとりが矢の雨を潜り抜け、ティグルの前に馬を引いてきた。

「ソフィー、リム。この場は頼む」

　ティグルはふたりの女にそう告げ、馬に飛び乗った。

「反撃に出る！　動ける者は馬に乗れ！」

毒酒を呑んで倒れたもの、矢を浴びた者、それらを介護する者……。

ざっと周囲を見渡した感じだと、即座に戦える兵士は七割、七百騎程度か。

『砂蠍《アルピラ》』は数日前、『黒鰐《ニーゲラ》』と『森河馬《ハイポータ》』から逃走する際に、いくつもの小集団に分かれたという。こちらに向かってくるのがそのうちのひと集団と考えれば、おそらく五百騎もいないだろう。数では充分に渡り合える。

野営地のなかは焚き火のおかげで明るい。このまま守りに徹していては絶好の的だ。ティグルは馬を駆って暗闇に飛び込んだ。勇敢な兵が次々と続く。

暗闇に包まれた草原から次々と矢が射かけられた。目が闇に慣れていない騎兵が、なすすべもなく倒されていく。それでもティグルを先頭にして、残りの騎兵が一気に射手との距離を縮めた。速さが全てだ。

はたして、背の高い草の陰で蠢く者たちの影がみえてきた。

「あそこだ！」

ティグルは弓弦を引き絞り、たて続けに放つ。矢を受けた影がばたばたと倒れた。後ろの弓騎兵たちがティグルに続いた。

矢の雨を浴びた敵が、うめき声をあげて倒れ伏す。生き残った者たちは、慌てて己の馬に飛び乗り、ティグルたちに背を向けた。

「深追いはするな！」

騎乗して逃走を図った敵をみて、ティグルは馬を止め、鋭くそう告げる。

「今は追い返すだけでいい。それより周囲を見まわって、ほかに射手を伏せていないか確認するんだ」

周囲の確認を兵に任せて、ティグルは一度、野営地に戻った。

残っていた兵に、敵を追い払った旨を告げる。

「油断はするな。今、兵が周囲を捜索中だ」

気を引き締めるよう命じた。もはや酒を呑んでいる兵はいなかったが、念のため、彼らに今日の酒はすべて捨てるように、とも。

「果実は大丈夫だろう。悪いが、これからしばらく、小部族との取引はなしだ」

「命には代えられませんね。戦いで死ぬならともかく、毒で死ぬなんて御免ですよ」

小隊長のひとりが肩をすくめる。彼の言葉は兵たちの総意だろう。

それにしても、とティグルは考える。

『砂蠍《アルピラ》』はなぜ、わざわざ自分たちの野営地に襲撃をかけてきたのか。彼らには、どのような戦略があるのだろう。

「いや、それがあると考えては駄目なのか？」

「ティグル、毒を受けた兵の治療は終わりました。話には聞いていましたが、ポリーシャの竜具はたいしたものです」

リムが己も馬に乗って近づいてきた。

「なにか気づきましたか、ティグル」

「鉄鋏隊がきみとソフィーを狙ったのは、彼らが、白肌の女が『一角犀《リノケイア》』の弓巫女であるという情報だけを手に入れていたからだろう。とはいえ『黒鰐《ニーゲラ》』と『剣歯虎《サベイリ》』から逃げている最中に俺たちにまで喧嘩を吹っかけるなら、相応の理由があるに違いない」

そこまで言って、言葉を切る。少し考えた。リムは黙って言葉の続きを待つ。

「でも、その理由というのは、それがより有利だから、とは限らないんじゃないか」

リムが、その言葉になるほどと呟く。

「不利なのに仕掛ける理由があると？」

「怨恨《えんこん》だ」

「魔弾の神子《デウリア》を殺された『森河馬《ハイポータ》』のように、『砂蠍《アルビラ》』は我々を恨み憎んでいるが故《ゆえ》、こうして奇襲をしかけた、ということですね」

「我々、というよりは俺に対する怨恨だな。俺は黒弓の力で船を爆破した。魔弾の神子《デウリア》を殺すつもりだったが、奴は生きていたらしい。だが、あの爆発で誰も死ななかったはずはないだろう」

「合理的な理由を探すよりは、わかりやすいですが……」

人と人が殺し合う理由が、必ずしも合理的である必要はない。無論、ティグル自身は合理的であろうと努めているが、すべての指導者が合理的に動くわけではないとよく理解している。

それでも、情報がない相手について考察するときは、どうしても相手が合理的であるという前提で思考してしまうものだ。

だが、相手の行動がもっと刹那的なものであったなら。あるいは相手がティグルたちに強い怨恨を抱き、隙あらばと狙い定めていたならば。

先ほどまで、ティグルたちは、いかにも無防備に野営していた。『砂蠍《アルピラ》』の部隊など、もっとずっと西方にいると呑気《のんき》に考えていた。そもそも『砂蠍《アルピラ》』が、自分たちを怨敵として復讐の刃を砥いでいるとは思ってもいなかった。

挙句、弓巫女が、供の者ひとりで、武器も持たず川で水浴びしていた。

たまたま『砂蠍《アルピラ》』が逃走中にティグルたちを発見し、過日の復讐を企て、その機会を窺っていたとすれば。つけ入る隙は充分にある、と彼らが考えても不思議ではない。

「しかし奇襲を受けたとはいえ、リムもソフィーも無傷だ。毒を受けた兵はソフィーによって治療された。彼らにもはや奇襲の利はなく、数の利もない」

「だから、素直に兵を引いたということですか」

「ソフィーの治療をみていた、とまでは思わないが、混乱が早期に収束したことは彼らも理解しているだろう」

この暗闇だ、逃走は難しくない。適切な引き際を察知できる優秀な指揮官なら、とうに撤退していに違いない。

とはいえ、襲撃の動機が怨恨となると……。

逆恨みしてくる相手に対して、できることはひとつしかない。

恨むこともできなくなるくらい徹底的に叩き潰すことだ。

力をもって意志を通すこともできなくて、どうして指導者でいられるだろう。ブリューヌの貴族としては、この地のほかの風習よりよほどわかりやすかった。


ほどなくして、周囲の闇を探っていた兵のひとりが戻ってくる。

「西の方角、小高い丘の上に数百の騎兵の姿があります」

ティグルはすぐさま、リムと顔を見合わせた。互いにうなずきあう。

「私も参ります」

「ああ、ついてきてくれ」

ティグルとリムが、馬を並べて西に駆けだした。

「弓巫女様と魔弾の神子《デウリア》様が出られるぞ！」

「我らも続け！」

ぞくぞくと、松明《たいまつ》を手にした騎兵が集まってきた。

「少し先行する。松明の明かりから離れたい」

ついてくる騎兵にそう告げれば、彼らはティグルが闇に目を慣らしたいのだなとすぐ理解してくれた。夜戦の心得がよくできている。

取り巻きが馬の速度を落とす。リムだけがティグルについてきた。

馬蹄の音に混じり、矢が飛来する風切り音が立て続けに響く。だがいずれの矢も、ティグルたちをおおきく外れ、見当違いの地面に刺さったようだった。

「敵の矢だ！　慌てるな、俺は無傷だ！」

ティグルは声を張り上げて、背後の兵たちに告げる。

この暗闇で動く目標を狙うことなど、ほぼ不可能だ。弓騎兵の長所は完全に殺されている。

雲に切れ間ができて、月光が差した。

先刻の報告通り、小高い丘の上に数百騎の姿を確認する。

ティグルは弓に矢を三本つがえ、立て続けに放った。矢はいずれも、山なりに飛んで丘の上で弓を構えていた敵の騎兵の眉間に突き刺さる。丘の上の敵は騒然となった。

「白肌だ！　白肌の魔弾の神子《デウリア》がいるぞ！」

「隣の白肌の女が弓巫女か！」

「待て、魔弾の神子《デウリア》様が……」

丘を駆け下りようとした騎兵を、別の者が止めた。ひとりの男が馬上で弓を構える。逆光で顔はわからないが、その姿は都の軍港でみた船上の魔弾の神子《デウリア》と同じであるようにみえた。

馬の背に乗った女が男に矢を手渡した。

――来るか。

「リム！」

「ええ、ティグル！」

リムが己の腹に手を当て、白い矢をとり出すとティグルに手渡す。

ティグルは白い矢を黒弓につがえた。

双方、ほぼ同時に矢を放つ。月光のもと、『砂蠍《アルピラ》』の矢は漆黒の軌跡を描く。対してティグルの放った矢は白い軌跡を伴って斜め上に飛ぶ。

『砂蠍《アルピラ》』の弓巫女の矢が持つ力は有名で、それはカル＝ハダシュトの都における軍港の攻防戦においてもおおいに力を発揮したという。

毒霧だ。矢を中心として黒い霧が発生し、霧を吸った者はひどい呼吸困難を起こして、やがて死に至る。

商家が『砂蠍《アルピラ》』に占拠された軍港を攻めあぐねた理由である。

この夜の草原においては、たとえ直撃せずとも、相手がその霧の一部でも吸ってしまえば、たちまち戦いの継続が困難となるだろう。

ここで『砂蠍《アルピラ》』の矢を使うのは悪い選択ではない。

決闘の相手がティグルヴルムド＝ヴォルンでなければ。

ティグルが放った『一角犀《リノケイア》』の矢は一直線に飛び、『砂蠍《アルピラ》』の矢がその放物線の頂点を描いたその瞬間に激突した。夜空に閃光が走り、激しい爆発が起こる。

丘の上の相手は驚愕したように身を硬直させた。次いで、苛立ちのあまり周囲に怒号を響かせる。月がまた雲に隠れ、闇が訪れる。

「勝負は預けるぞ！」

魔弾の神子《デウリア》とおぼしき男が叫ぶ。

ほどなくして、馬蹄の音が遠ざかっていった。ティグルは安堵の息を吐きだし、馬の足を緩める。

「これで相手が退かなければ、全軍で乱戦に持ち込むしかなかった。こちらに大きな被害が出なくてよかったよ」

「暗闇で乱戦など、どれほど同士討ちが出るかわかりませんからね」

足もとのおぼつかない夜に整然とした隊列を組み、適度な間隔を開けての騎射など不可能である。ましてや月も星も雲に隠れた暗闇のなかでは、なおさらだった。

野営地に戻り、被害を調べる。

死傷者は、毒を飲んで治療が間に合わなかった者、奇襲で矢を射かけられた者以外では、落馬した者が数名いた程度であった。まったくの不意を衝かれたにしては軽微で済んでいる。

「『砂蠍《アルピラ》』はまた来るだろうか」

「さあ、どうでしょうか。あんな捨て台詞を吐いてはいましたが、向こうにも、いつまでもこちらをつけ狙うような余裕などないでしょう」

あの場にいた騎兵が敵のすべてなら、こちらが油断しなければ問題なく蹴散らせるだろう。それがわかっていて、正面から来るかどうかはわからないが……。

「ひとまず、夜が明けたら『黒鰐《ニーゲラ》』と『森河馬《ハイポータ》』に連絡の者を走らせましょう。あの二部族がこちら側に動けば、彼らも我々への追撃を断念するかもしれません」

他部族の威を借りて『砂蠍《アルピラ》』を追い払う。あまり格好はよくないが、そもそも今は天の御柱へ向かうことの方がよほど大切なことだった。

「エリッサなら、戦争なんて戦争をしたい人たちが勝手にすればいい、とでも言うでしょうね。他人に押しつけられるなら諸手を挙げて歓迎するでしょう」

リムの言葉はまさにエリッサが言いそうなことで、その意向に従うならなおさら、ここで『砂蠍《アルピラ》』とのいざこざに巻き込まれるべきではなかった。


『砂蠍《アルピラ》』の襲撃を退けた後。

死体を回収して埋葬し、怪我人を治療したあと、交代で見張りを立てて寝た。

最終的な死者は少数だった。二部族の兵に限れば、二十名に満たない。残りの者たちの負傷は軽微で、行軍に問題はなさそうだった。

翌朝は、日の出と共に野営地を畳んだ。

『砂蠍《アルピラ》』の部隊がいた丘を確認し、地面に転がった馬糞と蹄の跡の状況からおおよその敵の数を割り出す。

「やはり、せいぜい百騎から三百騎といったところだろうな。間違っても五百騎はない」

ティグルのその判断に、経験豊富な騎兵たちも同意を示した。大雑把な判断だが、これ以上を調べるのは難しいし、五百以下というだけでも重要な情報である。ティグルたちの軍勢の半分以下なのだから。

昨夜の情報を持たせた伝令を『黒鰐《ニーゲラ》』と『森河馬《ハイポータ》』に走らせる。

「とはいえ、ソフィーがいなければどれだけの者が毒で命を落としたことか」

彼女が治療した者は、兵と女たちで合わせて百人近いという。加えて、数頭、毒矢を受けた馬も治療している。

「さすがに、少し疲れたわ」

と朝方の彼女の顔はいささか青白く、頬がこけているようにみえた。

「竜技も数限りなく使えるわけじゃないんだな」

「ええ、ヴァレンティナもそうだったでしょう？」

「俺のこの黒弓も、力を使うと消耗するな」

神器には、人のなにかを消費させて力を引き出す共通の仕組みがあるのだろうか。

一行は野営地を引き払い、南西に向けて出発した。

朝靄のなか、敵軍が仕掛けてくる可能性もあると、索敵を密にして散開せず行軍する。幸いにして、いずれの偵察班も「敵影なし」と報告してくる。

「諦めてくれたのかしら」

ソフィーが呟く。ティグルとしても、そうであって欲しかった。

「小部族が敵につくとなると、厄介だな」

「小部族は『砂蠍《アルピラ》』が使う毒の毒消しを持っていませんから、特に『砂蠍《アルピラ》』を恐れるのです」

兵のひとりが言う。

「昨夜だって、本当になにも知らなかったかどうか。薄々気づいていて、それでも『砂蠍《アルピラ》』に暴れられるよりは、と考えたのかもしれません。我々は舐められたんです」

「舐められたとは限らないさ。小部族の女たちの怯えようには嘘がなかった。彼らは女たちを使い捨てにしてまで、あんなことをするかな」

「卑しい者たちですから」

ティグルはため息をついた。この偏見はなんとかした方がいい気がするものの、果たして自分がでしゃばっていいものかどうか。

「相手を見下していると、いつの間にか足をすくわれるかもしれない。白肌にも弓の得意な者がいるだろう？」

「魔弾の神子《デウリア》様は特別です！」

これは、先が長そうだ。

†

ティグルとリムは、馬のくつわを並べて草原を進む。

「一軍を連れてきて、正解でしたね。少数では、『砂蠍《アルピラ》』に囲まれた場合、どうしようもなかったかもしれません」

「その場合、懸命《けんめい》に逃げるしかなかっただろう。こちらが軍勢のおかげで、向こうが逃げてくれた」

昨夜、敵がおとなしく立ち去ったのはティグルの一矢がきっかけだ。

しかしあれは、ティグルの背後の一千騎が存在してこその結果でもあった。ティグルとリムがいかに奮戦したとしても、正面から戦うなら、せいぜい二十人、三十人を道連れに死ぬのが精いっぱいだろう。

ソフィーが加わったとして、もう何十人か道連れにできる数が増える程度である。

数の力とはそういうもので、それは魔弾《デウ》の神子《リア》と弓巫女であっても同じことであった。リムの持つ『一角犀《リノケイア》』の矢を使うとしても、敵が散開して矢を射かけてくれれば満足のいく戦果を挙げることはできないだろう。

黒弓の力を引き出すことができればもっと広範囲を巻き込めるだろうが、それはネリーの思惑に乗ってしまうようで、ティグルとしては強いためらいがあった。

いずれにしても、戦わずしてことが済むなら、それがいちばんである。エリッサだって同じことを言うに違いない。

「死んだ者もいるから、少し複雑な気分だけどな」

「いずれにしろ、戦えば人が死にます。彼らの献身によって、我々はいっそう『砂蠍《アルピラ》』を追い詰めることができました」

『砂蠍《アルピラ》』の視点からみれば、ティグルたちに対する夜襲は失敗し、己の現在位置を知らしめるだけの結果となった。精鋭である鉄鋏隊から犠牲者も出た。さんざんな結果と言っていいだろう。

こちらからすれば、敵の部隊の規模が判明したことはおおきい。別動隊と合流する可能性はあるが、それでも一千騎にはとうてい届かないに違いない。次にまた向かってきたとしても、正面から踏みつぶすだけである。

「問題は残ります。連中が今回のように小部族を利用するなら、我々は小部族から補給を得ず

残りの旅程を消化することを考えた方がいいでしょう」

「今までは小部族の近くを移動していたが、今度は逆に、小部族がいない場所を選んで進むということになるな」

「いつ毒の入った酒を出されるかわからない以上、兵も納得するでしょう」

捨て身の任務に女を使うような奴らだ、次はなにをするかわからない、とは意見を求められた古参兵の懸念であるという。

「しばらく酒を断つ、とその者は言っていました。果物の汁だけで充分だと」

「気持ちはよくわかるよ」

酒を注いでくれる女が懐剣で襲ってくるような状況に出くわせば、そうもなろう。これが褥であれば、歴戦の勇士であってもあっさりと喉を掻き切られていたに違いない。

「味気ない保存食ではあっても、ある程度は持参していてよかった。ルートは詳しい者に任せるとして、それだけだと『砂蠍《アルピラ》』の追跡をずっと警戒する必要があるな」

「なにか対策がありますか」

「地道に索敵するしかないだろう」

広い草原だ、馬に乗った者は遠くからでも目立つ。

夜の間に距離を詰められてはどうしようもないが、昼の間、頻繁に偵察を出せば、その兆候を発見することくらいはできるかもしれない。

そのうえで、『砂蠍《アルピラ》』が味方に引き入れることができそうな小部族から離れて進む。今、できるのはその程度のことである。

幸いにして、時間は味方だ。『黒鰐《ニーゲラ》』と『森河馬《ハイポータ》』が勝手に『砂蠍《アルピラ》』を追い詰めてくれるはずであった。


地形に詳しい者が言うには、そういうことならば森の近くを通るルートがよろしいとのことであった。

「森に隠れて奇襲される恐れは……ああ、そうだったな。森は妖精の棲《す》み処《か》か」

「昼であれば可能でしょうが、それでも大規模な軍勢が森に入ることは、妖精たちの怒りを買います。我々、騎馬の民は皆、そう考えるのです」

彼らの常識のなかには、ティグルやリムには理解しにくいものがある。こういったところもそのひとつであった。

「森の近くを通るだけなら、妖精たちは気にしないのか」

「はい、我々はそのように教わって育ちます」

「わかった、森の近くを進もう」

五日目の昼以降は、そういうわけで左手に森をみながら馬を進めた。もはや散開はせず、馬は二列になって整然と歩く。あちこちに偵察の小部隊を放った。左手の森は安全とわかっているから、その分、気が楽である。

昨日までと違い馬に負担がかかる旅となるため、休憩を多くとることにする。肝心なところで馬が充分に働けなければ意味がない。

休憩中に少数で森に入り、水分がたっぷり詰まった果物をとってくる。幸いにして、この程度では森の妖精たちも怒らないようだった。

「過分な量を採集しなければ、彼らは見逃してくれます。我々は森の恵みと彼らの寛大さに感謝の祈りを捧げ、果実を持ち帰るのです」

それでも千人分ともなれば、たいした量になる。森の浅いところでは根こそぎ熟れた実を収穫してしまうこととなった。

「この地の民が定住できないわけだな」

この調子で十日、二十日も同じ場所で暮らせば、収穫できるものがなくなってしまうだろう。大規模な町などもってのほかである。結局のところ、馬と羊を連れて各地を巡る生活がこの島にとってもっとも正しい、人と妖精の共存のかたちなのであった。

五日目は、警戒していたこともあってなにごともなく過ぎた。『砂蠍《アルピラ》』は影も形もみえず、遠くに去ったように思えた。

これまで毎日のようにあった小部族からの訪問がないことで、夜の兵たちはいささか暇を持て余している様子だったが、酒宴の最中に殺されかかったありさまを多くが目の当たりにしていたから、ほとんど不満は出なかった。

「死ぬにしても、戦って死にたいものです」

というひとりの兵士の言葉がすべてである。

六日目も、大禍なく終わった。

七日目。今日中に天の御柱がある森に辿り着くはずである。

『砂蠍《アルピラ》』は夜明けと共に襲撃をかけてきた。

†

弓騎兵で奇襲をするなら、日の出の直後がもっともよろしい。

見張りが油断するうえ、矢を撃ち込むだけの明かりを確保できる。その原則はティグルも理解していたから、特に夜明け前は警戒を怠《おこた》らぬよう、自ら見張りに立っていた。

それが功を奏した。

ティグルの鋭敏な耳が、地平線の向こう側から迫る馬蹄《ばてい》の音を捉える。すぐ全員を叩き起こすよう命じ、自らは馬に乗って手近な丘に登った。

東の地平線に土煙があがっている。

朝日を背にして、騎馬の群れが左右に広がり、しゃにむに迫って来ていた。前回は西から来たが、今回は東側にまわり込んだのだろう。日を背にするのは強襲の基本だ。

隊列もなにもなく、馬を全力で駆けさせている。巧遅《こうち》より拙攻《せっこう》をとり、奇襲の利を最大限に生かそうというのだろう。

想定より騎馬の数が多い。少なくとも一千騎は超えている。おおよそ一千二百騎から一千四百騎の間であろう。

分散していた別動隊と合流したのか、それとも小部族を糾合《きゅうごう》したのか。いずれにせよ、これほどの軍勢を揃えてくるとは予想外だった。

とはいえ、臆してはいられない。ティグルは野営地に戻ると、起き出してきたリムとソフィーにいま見てきた状況を説明する。

「それだけの数を集めて乾坤一擲《けんこんいってき》の勝負を仕掛けるならば、私たちに対してではなく『黒鰐《ニーゲラ》』か『森河馬《ハイポータ》』に向かうはずです。正常な判断ができるならばの話ですが……」

リムの指摘は的を射ているように思えた。

「わざわざ俺たちを狙う時点で、部族の利益より別のものを重視しているとしか思えない。こっちは、ただ天の御柱に向かっているだけなんだ。ただでさえ『砂蠍《アルピラ》』は二部族を相手に劣勢なんだろう。戦線を広げる余裕なんて、あるわけがない」

「つまり、まともな考え方をする相手ではない、というわけね」

ソフィーがティグルの言いたいことをまとめてみせた。

び乗った。

「向かってくるなら、戦うしかない」

『天鷲《アクイラ》』の戦士も『一角犀《リノケイア》』の戦士も、叩き起こされてすぐ弓矢を手にとり、近くの馬に飛
もとより、こういうこともあろうと想定していて、昨夜も対応を周知したうえで休ませたのである。一千騎という人数は、ティグルが隅から隅まで目をかけられる精一杯であった。

「敵の馬は長距離を駆けて疲れている。正面から当たる必要はない。足の差でかきまわす、ついてこい！」

ティグルの馬を先頭にして、一千騎は南方に駆けだした。馬の向きを変えて迫ってくる敵軍は、ティグルたちからみて左手側である。

散発的に矢が飛んでくるものの、それらはいずれもティグルたちのもとへ届かず、手前の草原に突き刺さった。

「右手側に矢を射るのは熟練の狩人でも難しいものだ」

ティグルは敵軍の男たちの身体に刻まれた刺青がてんでばらばらなことに気づいた。

「小部族の連合か」

「そのようですね。よくも、これだけの数を集めたものです」

「連係を叩きこむ時間はなかったみたいだな」

「どうするの？」

ティグルの指揮で動き続ける一千騎を捕まえようと、敵軍は懸命に追いすがり、しつこく矢を放ってくる。『天鷲《アクイラ》』と『一角犀《リノケイア》』の騎馬が数騎、運悪くその矢を浴びて脱落した。落馬した男たちの悲鳴が早朝の草原に響く。

肌の色が目立つティグルとリムにも、無数の矢が飛んできた。

ソフィーが馬を寄せ、錫杖を掲げる。

「我が前に集え煌めく波濤よ《ファルヴァルナ》」

錫杖が眩く輝いた。ティグルたちのもとへ飛来した幾本もの矢が、錫杖の手前に展開された透明な結界にことごとく弾かれる。

「それも竜具の力か。ひとつじゃないんだな」

「わたくしにできることはこれくらいよ。ふたりとも、あとはお願いね」

「ありがとう、ソフィー。助かった」

ティグルは並んで馬を走らせるリムの方を向く。

「頃合いだ。半分を連れて、まわりこんでくれ」

「わかりました」

ティグルとリムは軍を半分に割った。リムは五百騎弱の騎馬を引き連れ、ティグルとソフィーが率いる残りと別の方向へ走り出す。

敵軍は、こちらもふた手に分かれた。

というよりも、各小部族が勝手に動いて、各々で部隊を追い始めたというべきだろうか。統制の利かない寄せ集めの弱点が出た格好である。

どちらかというと、ティグルたちを追う騎馬の方が多いようであった。

「おおよそ、俺たちの方に八百、リムの方に五百といったところか」

ティグルの言葉を聞いて、ソフィーが「わかりやすいわね」と返す。

「『砂蠍《アルピラ》』の魔弾の神子《デウリア》は、きっとこちらに来ているわ」

「俺に恨みがあるなら、そうするだろうな」

振り返って確認すれば、たしかに『砂蠍《アルピラ》』とおぼしき精鋭は、まとまってティグル側に来ている。彼らの本命は、やはりティグルなのだ。

リムの部隊の方を確認すれば、彼女は追いすがる敵に対して反撃を指示した様子であった。

弓騎兵が、背中に向かって一斉に矢を放つ。

『砂蠍《アルピラ》』の手先となった小部族の騎兵たちは、矢の雨に真っ向から突っ込むこととなった。

呻き声と悲鳴が立て続けにあがる。

まとまりのない部隊が故の悲しさか、馬列がおおきく乱れ、馬と馬がぶつかるところすらあった。

今が好機とばかりに、リムは馬を返して、槍を腰だめに構えると、単騎で敵の騎馬の群れに突入する。

リムの槍が、味方とぶつかって立ち往生していた騎兵の胴体を貫いた。

血に濡れた槍を引き抜いたリムは、その後も敵中で槍を振りまわし、次々と騎兵を地面に叩き落としていく。味方が邪魔でリムを射ることができない小部族の騎兵を相手にして、好き放題に暴れまわっていた。

「無茶をする」

「そうでもないわ。相手が混乱しているうちは、敵中の方がむしろ安全よ」

敵の騎兵のうち勇敢な数名が、弓を捨て、腰の剣を抜いてリムに斬りかかった。リムは巧みな手綱《たづな》さばきで突進してくる敵の騎馬をかわすと、すれ違いざま、槍で敵兵の胴をなぎ払う。

縦横無尽の働きであった。そのうえで、敵部隊が統制をとり戻す前に離脱して自軍のもとへ戻っていく。追いすがる騎馬に対して、リムの命令で斉射が行われた。リムを追って伸びきった隊列に、次々と矢が降り注ぐ。

「あっちは大丈夫だな」

ティグルは視線を、自分たちを追ってくる部隊の方に移す。

敵軍の先頭で、ひとまわりおおきな馬が駆けていた。男女のふたり乗りだった。男は左目に眼帯をつけていた。

「『砂蠍《アルピラ》』の魔弾の神子《デウリア》と弓巫女か」

「独眼の射手、彼はラクマザルです」

古参兵のひとりが断言する。

「教えてくれ」

「魔弾の神子《デウリア》の弟で、迂闊《うかつ》に森に分け入り妖精に片目を奪われたという話です。それまでは部族で一番の弓の使い手でありました」

「その弟が魔弾の神子《デウリア》をやっているということは、兄の方は死んで、彼が跡を継いだということだな」

その兄は、おそらくティグルが一撃を放った軍艦に乗っていたのだろう。そして、あの一撃で死んだ。弓巫女も、みれば年若い。あちらも代替わりしたのかもしれない。

それを恨みとして、ここまでつけ狙ってきたのだ。

納得できることではあった。それで部族の命運を危うくすることを彼らがどう受け止めているかについては、今更、ティグルたちの知ったことではない。

「ラクマザルか。ここで決着をつけるしかないな」

天の御柱のある森には、ひとまずティグルとリムだけで入るつもりだ。残りの者たちは森の外で待機させるしかない。念のためソフィーに指揮を任せるとはいえ、ティグルたちが不在の間に軍が襲われる危険を残すわけにはいかなかった。

ティグルたちを先頭とした五百騎は小高い丘をまわりこむ。

はたして敵軍は、反対側から丘をまわりこみ、ティグルたちの正面に出ようとした。このままいけば、数に勝る相手と正面からぶつかることになるだろう。

しかし、これによって一時的に敵軍はこちらを見失った。

その隙にリムの部隊が合流してくる。

一千騎が、ふたたびひとつの馬列となった。

「上手くいったな」

「ええ、所詮は烏合の衆ですね」

ティグルとリムは馬の轡を並べてうなずきあう。

前方にまわりこんだ敵軍の姿がみえてきた。

ティグルは騎馬の進路を少し変える。両軍が百アルシン（約百メートル）ほどの距離ですれ違うことになるだろう。

「この大地を破壊する白肌の化け物め！」

独眼の射手ラクマザルが叫ぶ。ティグルは眉をひそめた。

「戯言《ざれごと》です、ティグル」

「わかっている」

敵の弓巫女が黒い矢を生み出し、魔弾《デウリア》の神子がそれを弓につがえた。

「リム」

「ティグル、これを」

ティグルも同様、リムから渡された白い矢を黒弓につがえた。弓弦を引き絞り、構える。距離は、百五十アルシン（約百五十メートル）。

相手が黒い矢を放つ。ティグルもまたほぼ同じく弓弦から手を離した。

二本の矢が弧を描き、互いに向かって飛ぶ。

矢は双方の中央で衝突し、爆発した。黒い煙があがり、視界が遮られる。ティグルは自分の矢筒から二本の矢を抜き、立て続けに黒煙のなかへ放った。

かん高い悲鳴が煙の向こう側から響く。

強い風が吹いて、煙が晴れた。

敵の魔弾《デウリア》の神子と弓巫女は落馬し、抱き合うように地面に倒れていた。ふたりの喉には、それぞれティグルの放った矢が一本ずつ突き立っている。

「魔弾《デウリア》の神子ティグルヴルムド＝ヴォルンが『砂蠍《アルピラ》』の魔弾《デウリア》の神子と弓巫女を討ちとった！」

ティグルの叫び声に、自軍から歓声があがった。

敵軍から放たれる矢が途切れた。全軍がすれ違ったあと、敵軍は旋回することなく馬の足を落とし、距離をとった。

「これで敵が去るなら、追わないでいい」

追撃しようと馬を返す味方の兵に、そう告げた。

「弓巫女と魔弾《デウリア》の神子が倒れた以上、『砂蠍《アルピラ》』は終わりだ。後のことは『黒鰐《ニーゲラ》』と『森河馬《ハイポータ》』

に任せればいい。俺たちには、やらなければならないことがある」

そう宣言すれば、もう反論はなかった。


かくして『砂蠍《アルピラ》』は去っていった。

ティグルたちの捕虜となったのは、いずれも小部族の者たちだった。

彼らを尋問した結果、独眼の魔弾の神子《デウリア》ラクマザルは、狂気というか妄想というか、ある種の考えにとりつかれていたようである。

すなわち、ティグルという白肌の男は邪悪な考えを抱き人外《じんがい》の力を持つ化け物で、このカル＝ハダシュトを破壊するためやってきたのであると。自分と『砂蠍《アルピラ》』はそれを食い止めるため、死に物狂いで戦うと。そう言って、各部族から強引に兵を徴用したという。

なぜか、彼の声には逆らい難い響きがあったそうだ。

「妖精から目を奪われ、かわりに力を手に入れた者の物語はいくつもあります」

それを聞いていたティグルの部下のひとりが言った。

「ラクマザルもそうだったのでは」

「そんな男が、これまで兄の陰に隠れていたのか」

「妖精の力を我々は恐れます。マゴー老のような人物は特別です」

そういうものなのか。ティグルは納得できないものを感じながらも、その件についてはひと

まず置いておくことにした。

「俺が化け物、という話はどこから聞いた」

捕虜に訊ねる。捕虜の男たちは、一様に「ラクマザルがそう言っていた」とだけ返事をするのだった。

「彼ひとりがとりつかれた妄想だったのでは？」

リムの意見はおおむね皆の考えを代表するものであったが、ティグルは本当にそうだろうかと首をひねる。

「ひとりの妄想で、あれだけの人数が動くものだろうか」

「それこそ、妖精に与えられた力で、彼の力ある声で、皆を動かしたのではないのかしら」

ソフィーが言った。

そうかもしれない。どちらにせよ、ラクマザルの死体は確認していた。弓巫女も共に死んでいた。これ以上のことを追及しようとしても、難しいだろう。

第一、ティグルたちの旅の目的は『砂蠍《アルビラ》』の討伐ではない。

「出発しよう」

ティグルたちは野営地に戻ると荷物をまとめ、天の御柱を目指す。

その日の夕方、ようやく天の御柱があるという森に辿り着いた。

†

ティグルたちが『天鷲《アクイラ》』の大宿営地を発ってから、七日が経った。

エリッサは日々の雑務に追われながら、「今日あたり、順調であれば天の御柱にたどり着くころですね」と『一角犀《リノケイア》』の書類を持参したメニオに話題を振る。

「心配ではありませんか、ティグルさんのこと」

「ティグル様なら、大丈夫ですよ」

ティグルの従者は笑ってそう答える。いっさいためらいのない返事であった。

「アスヴァール島でも、そうでした。誰もが不可能と断じる冒険を、ティグル様は易々と成し遂げるのです。あのかたの本分は冒険家なのではないかと、ときどき思うことがあります」

「冒険家、ですか。王や貴族よりは魅力的な仕事ですね」

エリッサは心から、そう思った。もちろん商人の方がより魅力的である。同意してくれる者はあまりいないが。

メニオの書類をざっと確認して、些細《ささい》な間違いをいくつか指摘する。

彼はこの地に赴いて、まだ幾《いく》ばくもない。にもかかわらず、おおまかなこの地のしきたりを理解してくれていた。そのうえで、エリッサの構築した物流の組織に従い、書類を提出してくれている。得がたい才能だな、と改めて感じた。

「改めて聞きますけど、私の部下になりませんか。ゆくゆくは公都の店を任せたいと思うのですけれど」

「お断りします。わたしの主はティグル様だけです」

にべもない対応であった。このやりとりも、三日にあげずに行われている。

エリッサはおおげさにため息をついた。

「ティグルさんがうらやましいですね」

「ディドー様を支えたいと願う方は、すでにたくさんいるではありませんか」

「弓巫女ディドーを支えたい人は、ですけどね」

また、ため息をつく。

「なんだか私、望んでいないものばかり手に入るんですよねえ」

第３話　妖精の棲む森

流れのゆるやかな広い川が西の森から出て、二股に分岐し東と南東に流れていく。

地図によれば、川は東方で延々と分岐し、そこでは広大な湿地帯が形成されているとのことである。雨季にはそれらがまるごと水に沈み、とてつもなく巨大な湖が現れるという。

現在は冬、乾季であるから、馬で湿地帯を抜けることも可能らしい。

もっとも今、ティグルたちが用があるのは、それらではない。

川の上流、深い森のなか。

そのどこかに存在する天の御柱と呼ばれる地と、天の御柱の近くにいるという猫の妖精だ。

「探索は明日、まず俺とリムのふたりだけで行う。妖精は大勢で森に入ることを嫌がるという話だから、最小の人数で下調べをする。その間、皆はソフィーに従い、森の外の警戒にあたってくれ」

夕刻、一千騎を前に、ティグルは告げる。

森の奥に入る狩人は『天鷲《アクイラ》』にも『一角犀《リノケイア》』にも少ない。その数少ない者たちのなかでもマゴー老は特別で、妖精の友として部族の垣根を越えた有名人であった。

そのマゴー老は、今回、同行していない。

森に分け入るような狩人としての技量は、今回の遠征の基準では重視されていなかった。それよりも、ティグルたちが確実にこの森まで辿り着く方が重要である、というのがエリッサの考えだった。

実際、『砂蠍《アルピラ》』の二度に渡る襲撃があったのだから、彼女の懸念は当たっていたのである。


兵が野営地を構築する間に、ティグルはひとり、森の手前にやってきた。

川岸から、森の奥を覗く。

大小数種類の生き物の足跡が、森の奥に続いている。

小枝を拾って、足跡のそばの糞をかきわけてみた。消化されなかった木の葉や果物が出てくる糞もあれば、小骨が出てくる糞もあった。

「草食の生き物も、肉食の生き物もいるな」

大きな糞に限っていえば、草食の生き物ばかりであった。ひとつ安心する。

もっとも、小型であっても毒蛇や蠍《さそり》、蛭《ひる》など、森のなかには危険な生き物がたくさんいる。

そうでなくとも、妖精の存在があった。この地の妖精がティグルにどんな態度をとるのか、まだ予想がつかない。

と、風に乗って、森のなかから少女のかん高いくすくす笑いが聞こえてきた。

ティグルは目をこらして、声のした薄暗がりを覗き込む。

森の奥で、緑の燐光が舞うように煌《きら》めいていた。緑の光は、木々の間を縫《ぬ》って飛ぶ。その輝きは最初ひとつだったが、ふたつ、三つと増えて、闇が濃さを増すにつれ次第に数えきれないほどになった。

「妖精、か？」

踊る緑の輝きが増えるにつれ、かん高い笑い声も増えた。

誘うように、からかうように、声がティグルを呼んでいるような気がした。一歩、森に足を踏み入れて……。

「ティグル、どうしたの？」

ソフィーに肩を叩かれた。はっとして振り向く。

きょとんとした表情のソフィーが、松明《たいまつ》を左手に、すぐそばに立っていた。

彼女が近づいてきたことに全然気づかなかった、その事実に愕然とする。次に、慌てて森の奥を振り返る。

光は消えていた。

そこにはただ、深淵だけがあった。

いつの間にか夜《よる》の帳《とばり》が下りている。

「食事の用意ができたから、迎えに来たのよ。ずいぶんと熱心に生き物の痕跡を調べていたのね」

「わかった、戻ろう」

ティグルは首を振って、ソフィーと共に森を背にする。

魔に魅入られる、という言葉がふと脳裏をよぎった。

「この地の夜の森は、思った以上に危険だな」

「そんなに危ない生き物がいるのね」

「生き物……。そうか、そうかもしれない」

「ねえ、ちょっと、大丈夫？」

ソフィーの言葉にうわの空で返事をして、余計に心配されてしまった。


野営地は、森から少し離れた小高い丘の上につくられた。明日には周囲に簡易の柵を巡らせる予定で、そのため朝から森の木を伐採《ばっさい》するという計画になっている。

「野営地のまわりに柵を巡らせるのはやめよう。森を刺激したくない」

夕食の後、リムとソフィーの前でティグルは言った。

「『砂蠍《アルビラ》』はもう脅威じゃない。小部族も、俺たちを襲うようなことはないだろう。それよりも、この地の妖精を刺激しないことが大切だ」

「ティグル、いったいどうしたのですか」

いぶかしむリムに、ティグルはさきほどみた光景を語った。

「蛍を見間違えたんじゃないかしら」

「たしかにそうかもしれないが……」

ソフィーの言葉に、しかし、とティグルは告げる。

「でも、そうじゃないかもしれない。これから俺たちがなかに入るにあたって、向こうに礼儀を尽くす方がいいんじゃないか、と思ったんだ」

「森の木々を伐採しないのが？」

「この地の人々は、そうして何百年も暮らしてきたんだろう」

兵のなかには、大規模な木々の伐採に否定的な者も多い。

それでも入り口付近の木々なら、なによりここに到達するまで敵の襲撃を受けているのだから、としぶしぶ納得してもらったのである。それなのに、ここにきてティグルは方針を転換するという。

「弱腰と捉えられないでしょうか」

上の言うことがくるくる変わると、下に信頼されなくなる。リムの言葉はもっともだった。

「魔弾の神子《デウリア》は妖精をみた、と明日、兵に言うよ。森の浅いところに妖精がいた、と。だから伐採はやめる。兵にとっては受け入れやすい話のはずだ」

「では、そのようにいたしましょう」

本当に妖精をみたかどうかは、重要ではないのだろう。部下にとって納得できる物語を用意するのが指導者の役割であると、リムはよく知っている。

「そのぶん、周囲に偵察を多めに放つわね」

ティグルとリムが不在の間、実際に彼らを指揮するソフィーがあとを引きとった。

「『砂蠍《アルピラ》』はもう来ないでしょうし、一千騎を相手に、そうそう襲ってくる者もいるとは思えませんが……」

「念のためよ。兵も安心したいもの」

なるほど、たしかに彼女も戦姫、ジスタートに七人いる公主のひとりだ。人の心を掌握することに長けている。

†

翌日の朝、ティグルとリムは一日分の食料を持って森に足を踏み入れた。ティグルは魚の干物をいっぱいに詰め込んだ木組みの籠を背負い、彼の矢筒はリムが手にしていた。

この地の猫への土産《みやげ》は、最初、リムが背負おうとした。だがティグルはこの役目を譲らなかった。

「俺が持っていくことに意味があるんだと思う」

「そういう気がする、ということですか。でしたら、仕方がありませんね。ティグル、あなたの直感を信じます」

「いつもすまない」

彼女はいつだって、ティグルの直感を信じてくれた。ほかの者であれば首をかしげるだろうことであっても、信じてくれた。

妖精と会ったことについて話したときも、そのひとつだ。

彼女が信じ続けてくれたからこそ、今のティグルがある。彼女が信じてくれれば、なんだってできる気がした。


朝露《あさつゆ》に濡れる森のなかは、思ったよりずっと騒がしかった。風で木々の枝葉が揺れる。鳥の囀りと虫の鳴き声が絶え間なく響き渡っている。

ティグルとリムは慎重に獣道をたどった。籠を背負ったティグルが、山刀を手に邪魔な枝やつるを切り払いながら歩を進める。すぐ後ろに槍と矢筒を持ったリムが続いた。

「太陽が森の天蓋《てんがい》の隙間からみえるくらいになったら、野営地に引き返そう」

最初にそう決めてある。今日はあくまで予備調査だ。念のため猫への土産も用意したものの、今日、これが必要になる可能性は低いと考えていた。

『砂蠍《アルピラ》』は排除した。急ぐ必要はないはずである。

もっとも、あまり時間をかければ他部族が大宿営地に残した者たちにちょっかいをかけてくる可能性は残っており、その場合、エリッサをはじめとした残りの面々だけではいささか心配だとティグルは思っていた。

ネリーがどう動くか、という問題もあった。

ひょっとしたら、この地で彼女と、はち合わせするかもしれない。その場合、どういう対応をとるかも、念のため打ち合わせされていた。

基本的には、向こうから仕掛けてこない限り、話し合いで情報を引き出す。すべてはそれからだ。得られた情報次第で、今後の対応を決める。その場合でも、なるべく即座の交戦は避けること。

特に、野営地に残ったソフィーが単独でネリーと接触した場合、くれぐれもネリーが七部族の魔弾《デ》の神子《ウリア》と弓巫女《アルディア》である前提で交渉すること、と言い含めてある。

「わかっているわ。わたくしひとりでは、絶対にあの者には勝てないものね」

「そういうことを言っているわけではないんだが……」

「外交的な問題も抱えることになる、ということでしょう。安心して、ティグル。わたくしだって命が惜しいもの。過去、どんないきさつがあったとはいえ、激昂《げきこう》してこの身を粗末に扱うようなことはしないわ」

彼女は声色《こわいろ》に少し皮肉をこめてそう言った。

リムによれば、戦姫でも特に賢明さと公正さを併せ持った人格者であるとのことだ。万一のときは、その理性と知性に期待することになる。

なお、ティグルたちが不在の間にネリーがエリッサのもとへ赴《おもむ》く場合についても、出立前に話し合ってある。

もっとも、この場合、できることは非常に限られていた。敵対などもってのほかであるし、そもそもネリーがエリッサを害することはないだろう、という見立てもある。

「ティグルさんに黒弓を撃たせた理由について、きちんと問い詰めたいんですけどねえ」

とはその打ち合わせにおけるエリッサの言葉であった。

「絶対、ろくでもないことですよ。ネリー、ひょっとしたらそのあたりを説明するのが嫌で身を隠したんじゃないでしょうか」

さすがに、それはないだろうとティグルは思う。

話すのが嫌なら黙っていればいいだけのことであるから。そもそも、彼女はふたつの部族の魔弾の神子《デウリア》で、ひとつにおいては弓巫女すら兼任している。部族にいる方が、やれることははるかに多いはずだ。

にもかかわらず、彼女は未だに姿を現さない。

「たぶん、ですけど」

とエリッサはそのとき言った。

「隠れている方が、事態を引っ掻きまわせるって考えているんじゃないでしょうか。ネリーならそういう考え方をします」

彼女の目算が正しいなら、ネリーの方針は「事態を引っ掻きまわす」になる。

だがティグルには、今の各部族の状況でそんなことをする利点が見いだせなかった。もし双王《そうおう》を目指すなら今こそ好機だし、マシニッサなりに双王を任せるなら、彼らを支援して『砂蠍《アルビラ》』を潰し見返りを期待するべきであろう。

「あ、ティグルさん。ひとつ誤解していませんか。ネリーは昔、えらい立場の人だったかもしれません。でも今、彼女が『赤獅子《ルベリア》』と『剣歯虎《サベイリ》』を率いてるとしても、この二部族の人たちにどれだけ義理や愛情を抱いているか、怪しいですよ」

「どういうことだ」

「ネリーは『赤獅子《ルベリア》』と『剣歯虎《サベイリ》』を利用して、自分の目的を果たそうとしているんじゃないかと思うんです。彼女と話したとき、なんとなく感じたんですけど」

それ以上のことはわからない、とエリッサは言っていた。

部族を利用してまで、成し遂げたいこと。

そもそも北大陸《ネステール》でさんざんに暴れた彼女が、なぜこの地に赴いて弓巫女や魔弾の神子《デウリア》として活動することになったのか。

彼女が七部族会議で語った、この国の建国の物語の真実についても、どうして彼女があの場でそんな物語を披露《ひろう》したのか、未だに判明していない。

周囲に注意を払いつつ、森の獣道を歩きながら、ティグルは考えた。

ほかより少しおおきな足跡をみつける。獅子だろうか。慎重に観察して、それは獅子の足跡に偽装した、もっとずっと小さな生き物のつけた印であると理解した。

ここは大型の獣の縄張りだぞと主張して周囲を騙すことで、己の安全を確保しているのだ。

そういう生き物がいると、以前、『天鷲《アクイラ》』の狩人から聞いたことがあった。

ネリーの行動も、どこまでが本当のもので、どこまでが偽装なのだろう。

すべては繋がっているのだろうか。それとも、いくつかは彼女が本当の目的を隠すためにつけた、偽の足跡のようなものなのだろうか。

ふとみあげると、日が中天に近づいていた。

「今日はもう、戻ろう」

「少し早くありませんか」

「それくらいでいいんだ。この森のことはだいたい理解できたと思う」

†

引き返す途中で、ティグルは眩暈《めまい》を覚えた。

いつの間にか周囲に濃い霧が生まれていた。まるで、突如として霧が地面から湧き上がってきたかのような唐突さであった。

「リム？」

慌てて振り向けば、返事をする者の姿は、影も形もみえなかった。

思わず呼吸が止まる。心臓の鼓動が速くなる。ティグルは胸に手を当てて、小声で「落ち着け」と呟《つぶや》いた。

「たぶん、妖精の悪戯《いたずら》だ」

「おやおや、悪戯などではないわ、彼方の王」

かん高い女性の声が響いた。

ひとり言に対して思わぬ返事がきたことで、今度こそティグルは飛びあがらんばかりに驚いた。

女性の、ころころという笑い声が霧の森に響き渡る。冷や汗が頬をしたたり落ちた。心なしか、空気の温度が下がったような感覚を覚える。

ひどい喉の渇きを覚えた。音を立てて唾を飲み込む。

「あいにくと、俺は王じゃない」

「下僕の階級が、どうして猫に関係があるのかしら」

それはそうだ。

いや、本当にそうか？　ティグルは困惑した。

「せっかく貢物《みつぎもの》を持参した下僕をみすみす帰してしまったとあっては猫の名折れ。このまま進むがよろしい」

「俺ひとりで、か」

「左様」

ティグルはため息をついて、前を向く。

心なしか、前方の霧が薄くなったような気がした。

導かれるまま歩き出す。

矢筒をリムに預けてしまったため、戦うことなどできない。

そもそも戦いに来たわけではないのだが、とはいえ弓だけで矢が一本もないというのは、まるで裸になったようで、ひどく心細い。慎重に歩を進める。

「おっかなびっくり、情けない下僕だね。仕方がないか。まだ若く幼いのだものね。それにしても、歩くこともおぼつかない身でこのあたくしに会いに来るとは殊勝《しゅしょう》なこと」

また、女性の声がする。

足もとから、猫の鳴き声がした。足を止めて見下ろせば、一匹の黒い子猫が獣道の真ん中にちょこんと座っていた。

「あなたが、偉大なる女王、か？」

返事は、また猫の鳴き声だった。少し呆《あき》れられている気がする。

違う、ということなのだろうか。

ティグルが困惑しているうちに、黒猫は立ち上がり、ティグルの進む先へすたすたと歩いて行ってしまった。

たちまち濃い霧に包まれ、その姿がみえなくなる。

ティグルは慌てて黒猫の後を追った。なんとなく、そうしなければいけないような気がしたのである。

はたして、黒猫は霧の先で少し歩みを緩め、ティグルを待つように後ろを振り返っていた。

ティグルがそばによると、またすたすた歩き出す。

「案内してくれるのか」

その問いかけに対して、黒猫はひとつ短く鳴くことで返事とした。そうだ、と言ったようにティグルには感じられた。

この黒猫は、さしずめ女王の召使いといったところだろうか。

思えば、アスヴァール島の猫の王ケットは、ずいぶんと活動的だった。

自らティグルの前に現れたり、ティグルのいないところで彼の部下を助けたり、魔物のしもべを始末してまわったり……。

あれは彼が子猫だったから、なのだろうか。

それとも雄と雌の違いだろうか。

そんなことを考えながら黒猫についていくうち、視界の隅で緑の燐光が煌めく。

蛍ではない。指の先くらいのおおきさの子どもだ。子どもたちは背中についた虫の羽根をはためかせ、全身から緑色の光を放ちながら宙を舞っていた。

大陸でも、この光に招かれるようにして、かの森の主とおぼしき黒猫と面会したものである。あのときは夜で、マゴー老が共にいた。

今、ティグルはひとりきりだ。

どこまでも続くと思われた森の木々が、不意に途切れた。

色とりどりの花が咲く、円形の広場があった。緑の光の小人たちが、虫の羽根をはためかせ、笑いながら花から花へ飛び移っている。

無数に咲く花壇の中央に、身の丈三十アルシン（約三十メートル）はあろうかという巨大な古木が立っていた。

古木の根もとは人が悠々通れるほどおおきな穴が空いていて、その木のうろの奥から、黄金色の双眸《そうぼう》がティグルをまっすぐみつめていた。

その黄金色の目が、ひとつ瞬きをした。

「こちらに」

木のうろから、先ほどの女性の声がする。

黒猫はティグルの脇にちょこんと控えていた。己の役目は終わった、ということなのだろうか。いずれにしても、今更、引き返すわけにはいかない。

ティグルは木のうろに歩み寄った。

内部が橙色にぼんやりと輝いていることに気づく。

木のうろの壁面や天井には、橙色に輝く苔が生えていた。おかげでティグルでも内部を観察できる。思ったよりずっと広く、奥行きがあった。人間であれば四、五人が悠々と寝転がることができるに違いない。

その苔の明かりに照らされて、空洞の奥に太った黒猫が一匹、寝そべっていた。

ただし、そのおおきさが普通の猫とは全然違う。

立ち上がればティグルと同じくらいの身の丈になるだろう、その重さはきっとティグルの数倍あるだろう、左右にでっぷりと広い、太った猫であった。

木のうろのなかに寝そべる黒猫は、その頭をゆっくりと持ち上げ、ティグルを上から下まで舐めるように眺めた。

「貧相な子だねえ」

「あなたが、その……この地の偉大な女王か？」

「そう呼ばれることもあるね。まあ好きに呼びなさいな、下僕。あたくしは寛大でね。そのあたりを気にしないタチなのさ。長く生きると、細かいことなんてどうでもよくなってしまうものなんだよ」

黒いでぶ猫は縦に割れた黄金色の目をぎょろりと動かして、口の端を吊り上げた。獰猛な笑みにみえた。身震いしたくなる。

こみあげる恐怖の感情を懸命《けんめい》にこらえて、ティグルは木のうろのなかに入る。

背中の籠を下ろした。なかから海の魚の干物をとり出す。ティグルが名も知らぬ大ぶりな魚を、五尾ぶんだ。エリッサの伝手で商家から取り寄せたものであった。

「まずは、これをあなたに献上したい」

「礼儀ができているじゃないか」

「新鮮な魚を持って来られればよかったんだが……」

「鮮魚をここまで持って来るのは骨だからね。そこまで無茶は言わないよ。贈り物で大切なのは、気持ちなのさ」

黒猫の口の端からよだれが垂れていた。鼻をひくつかせている。

ティグルは干物を籠に入れて、女王猫のもとへ歩み寄る。

女王猫は前脚をさっと突き出すと、ティグルの目にも留まらぬ動きで干物のひと切れを己の口のなかに放りこんだ。

黙々と咀嚼《そしゃく》する音がうろのなかに響く。

ティグルは黙って、いや半分呆れて、その様子を見守った。

しばしののち、飲み込む音。

黒猫女王は、おおきなゲップをした。肉食獣特有の腐敗臭が広がる。

「そんなに顔をしかめるんじゃないよ。まったく、失礼な下僕だね」

「すまない。強い臭いに慣れていないんだ」

「そんなんじゃ、一流の狩人になれないよ。あんたは若いんだから、しっかりおし」

窘める言葉だったが、その口調は優しく、冗談めいていた。冗談なのだとわかる。黒猫女王はずいぶんと気安い性格のようだ。

黒猫女王が、ちょいちょい、と前脚を動かす。

「そこにお座りなさい」

彼女が指さすのは、ティグルの目の前に敷かれた藁束だった。

言われた通り、そこに腰を下ろす。

寝そべっていた彼女も「よっこいしょ」と身を起こした。

同じくらいの目線になり、双方みつめあう。

「さて、聞いているよ。あんた、北の方じゃたいそう活躍したそうじゃないか」

「北大陸の出来事を知っているのか」

「そりゃあ、歌が聞こえるからね。あんたらはどうか知らないが、あたくしたちはみんな、歌が大好きだ。風に乗って、たくさんの歌が流れてくる」

　それが比喩表現なのか、それとも本当に彼女たち妖精にしか聞こえない歌があるのか、ティグルには見当がつかなかった。困惑を察したのか、黒猫女王はにやりとする。

「頭でっかちなんだね、あんたは。狩人なんだろう？」

「そのつもりだ。狩人だけやって生きていければな、と思うこともあるよ」

「でも、そうはしない。あんたには狩りより大切なものがある。なるほどねえ、だから猫たちが喜ぶわけだ。あんたの心意気が、彼らを喜ばせるのさ」

「心意気……」

　ティグルは黒猫女王の言葉を反芻《はんすう》するように呟いた。黒猫女王は目を細める。

「そんなあんただからこそ、皆が余計なお節介を焼く。下僕の矜持《きょうじ》を大切にするんだね。でも、矜持に飲まれちゃいけない。あんたは、もっと今の自分にとって大切なものはなんなのか、常にみつめ返すくらいでちょうどいいんだ」

「俺にとって大切なもの、か」

　ティグルの脳裏をとっさによぎったものは、ふたつだった。

　ひとりの女と、ひとつの大地である。

　どちらがより大切かと言われても返事に窮するほど、それは今のティグルにとって不可分のものであった。

「いい顔つきになったじゃないか。それじゃ、本題に入ろうか」

「お願いする。俺が挨拶にあがったのは、いくつか聞きたいことがあるからだ。まずひとつ、この森のなかにあるという、人の言葉で天の御柱と呼ばれる地のことだが……」

「いいよ、あとで連れていってやろう」

あっさりと、ここに来た目的に到達できそうだった。ティグルは拍子抜けして、口にしかけた言葉を呑み込んだ。ここで発するべき言葉はひとつでいい。

「ありがとう」

「礼儀のしっかりした下僕だね、とても好ましい態度だよ。で、戸惑ったのはあたくしが存外に好意的な反応を示したからかい？　それともあの場所の説明じゃなくて、いきなり案内の方に話をすっ飛ばしたからかい？」

「両方だ」

「素直だね。猫は神速を貴《とうと》ぶ。だがあんたのために、一度、まわり道をしよう。あの地について知りたいことがあるんだろう？　いや、その前に……ふん、そうか。あんたの身体からわずかに臭うね。生ける死者の臭いだ。それの話かい？」

ネリーのことだろうか。

「弓の王を名乗る者、あるいはネリー。奴はそう名乗った。天の御柱についてあれこれ調べていたらしい。なぜ奴が天の御柱を調べるのか、俺たちは気になった。奴がこの島で、なにかよからぬことを企んでいるんじゃないか。それは俺たちが全力で止めるべきものなんじゃないか。

俺たちはそう考えている」

　黒猫は、ティグルが話をする間、相槌も打たず黙って話を聞いていた。黄金の瞳がじっとティグルをみつめている。強い圧迫感を覚えた。ティグルはそれでも、相手をまっすぐに見返し、最後まで要求を告げる。

「この者について、なにか知っているなら教えて欲しい」

「それでこそ、北大陸でやんちゃをしたあんたらしい行いだ。そう言いたいところだが、あれはいくらなんでも相手が悪い。悪いことは言わないから、やめておきな」

「奴の実力は知っている。一度、戦った。今の俺がこの弓の全力を引き出しても勝てるかどうかわからない相手だ」

　黒猫女王は、ティグルが横に置いた黒弓をじろりと眺めた。

「本当にあんたがそれの力を引き出せるなら、造作もないことさ」

「つまり、この弓の力を引き出すのはそれほど難しいということか」

「あんたが下僕であろうとする限りはね」

「下僕で……？」

　ティグルヴルムド＝ヴォルンが人である限り、ということだろうか。

　なんとなく、黒猫女王の言いたいことがわかるような気がした。きっと一年前、アスヴァール島で円卓の騎士たちと相対した経験があるからだろう。迷いはなかった。

「どうすれば、俺は殻を破ることができるだろうか」

「方法は夜空に瞬く星の数ほどあるよ。あんたはそのうちのいくつかを知っている。たとえば、あんたらがあたくしたちの友と呼ぶ者がそうだ」

「マゴー老か」

森のなかで、マゴー老は、植物を身体から生やしていた。まるで木を苗床に繁殖する茸のように、マゴー老の身体を苗床としている植物がいたのだ。

「そうか、ああ、でもマゴー老は、それはやめておけと言われた」

「だろうね。あんたのありようとしては、ふさわしくないやりかただろう。あんたには、これ以上に失いたくないものがある。あんたの大切にしているものがある。さっき、その話をしたばかりだからね」

ティグルは納得してうなずいた。

みつめ直せ、と彼女が語ったのはそういうことか。力を手に入れたとしても、それで本当に大切なものを取りこぼしてはなんの意味もない。

「ありがとう、あなたの言葉がなければ、俺は大事なものを失っていたかもしれない」

「若いのを導くのも、あたくしたちの役目さね。で、話を戻そうか。あんたがあんたであることを矜持と呼ぶ。下僕によっては矜持よりも目先の利を追いかけるが、あんたはそうじゃない。もっとおおきなもののために、目の前の川を流れる魚を見逃すことができる」

黒猫女王は言葉を切って、前脚を素早く動かし、ティグルの持参した干物をとると口のなかに運んだ。またしばらく、咀嚼の音が木のうろのなかに響く。

「あんたはもう、その方法をひとつ、掴んでいる。ただし、あんたはそれを疑っている。なにせ、あんたが言う弓の王を名乗る者が伝えた方法だからね」

「都の軍港であいつが言っていた……たしか、この地の神はティル＝ナ＝ファであるとかたく信じるという……」

黒猫女王は、おおきなげっぷをした。また臭い息がティグルにかかる。ティグルは顔をしかめた。

「待ってくれ、じゃあ、本当にこの地の神はティル＝ナ＝ファという名なのか」

「まさにそれこそが、あの者の目的だからねえ。もしあんたまでもがそう思うなら、そりゃ利用できるということさ。わかるだろう？」

ティグルは困惑した。さっぱりわからない。

「俺にもわかるよう、噛み砕いて教えてくれないか」

「おっと、そうだったね。なぁに、無知を自覚して自ら教えを乞うその姿勢、悪くないよ。あんたはいずれ、いい王になる」

また前脚が素早く動き、干物を口に放り込む。黒猫女王が咀嚼する間、ティグルはじっと待った。

「この地にいた神はすでに亡くなった。知っていたかい？」

「そういう話を聞いたことはある。本当だったのか」

「そうさ。今は我らが、その亡骸《なきがら》を奉《たてまつ》っているだけだ」

ネリーが七部族会議で語っていたことの裏づけが、こんなところでとれてしまった。黒猫女王は話を続ける。

「皆がそのことを知っているし、納得している。でもあんたたち下僕は、気まぐれで忘れっぽいんだね、誰が下僕たちを守っていたか、誰が下僕たちに力を与えたか、その見返りとしてなにを要求したか、大切なことを全部、記憶から消しちまった。たったの数百年前のことなのにね」

このでっぷりおおきな黒猫は、いったい何歳なのだろう。聞いてみたい気持ちを、ティグルはぐっとこらえた。

「その点、北大陸のやつらはたいしたものさ。自分たちを見捨てて遠い彼方へ旅立った方々を、いつまでも崇《あが》めている。忠義の士、というやつさ。騎士って言うんだっけか？　いずれにせよ、この地の下僕たちは、自分たちが祈る方がだれでもよかった。ただこの地に暮らすことに感謝できれば、それでよかった。どうして矢が七つあって、どうして戦うのか、そんなことは知らなくていいと考えていた。今だって、きっとそうなんだろうさ」

黒猫女王の語りにはいくつか衝撃的な言葉が含まれていたが、ティグルはぐっとこらえて話を中断しなかった。きっと、それは今のティグルにとって重要な情報ではないからだ。

それはそれとして、あとで詳しく聞いてみたいことがある。

なにが、誰が遠くへ旅立ったって？

いやそもそも、どの神が亡くなった？

「また話がそれたね。年を食うと話が長くなっていけない。そういうわけで、この地の下僕たちが毎年のように繰り返していた儀式は次第に積み重なって、大地に染み込み、強い力になった。それはあたくしたちにとって都合のいいことだったからね。別に下僕たちの勘違いを訂正する必要も、やめさせる必要もなかった。下僕たちは、数だけは多いから、ひとつひとつの力は小さくても、それらが合わされば、そりゃあたいした力が生まれるってわけさ。あたくしたちは、そうして献上されたものの一部を、ちょいと横から手を出して、こう、ぱくっとする。死せるあのお方だって、それくらいのことにケチをつけたりはしないだろうさ。そもそも亡くなっているんだからね」

なにが面白いのか、黒猫女王は豪放に笑った。

そのあと、またげっぷをする。臭い。この臭いに慣れてしまったような気がするが、それでも臭い。

「おっと、不敬だと思うかい？　そもそもあんたたち下僕が、生きることと死ぬことに対して真面目すぎるんだ。で、なんの話だったか……そうそう、弓の王を名乗る者、だったか。あれのやろうとしていること、だったね。なぁに、難しいことじゃない。あれは未だに己の主を愛しているのさ。でもあのかたは、もう滅多《めった》なことじゃこの地に降りて来なさらない。今じゃこの地に身体をもって降りるのもひと苦労って話だ。だったら、かわりにあのかたの身体をつくってあげよう、と。まぁ、親切心と愛情と、それからちょっぴりの狂気と。それらが渾然一体となって、そんなことを考えたんだね。で、なまじその方法について筋道立てて考える頭があって、知識があって、力まであった。だから今、この島でこそこそと動きまわっているってわけさ。まったく、そんなことをされちゃ、こっちはたいした迷惑なんだがねぇ。なまじちゃんとした手続きに則ってことを進めるから、秩序の守護者たるあたくしたちとしちゃ、手を出すのも難しい。あぁいや、あんたに愚痴《ぐち》を言っても仕方がないね。ともあれ、あたくしたちにとって、昼と夜は今のままがいい。あんただってそうだろう？　理解したかい？」

ティグルは押し黙った。今、黒猫女王から聞いた話を、これまで得た情報と合わせて考える。

ネリーは彼女の主の肉体をつくろうとしている。ネリーはティグルを騙して、この地の神はティル＝ナ＝ファであると認識させた。ネリーのかつての主とは……。

「弓の王を名乗る者の目的は、この地の名が失われた神はティル＝ナ＝ファであると誤認させて、ええと、人々の儀式によって貯め込んだ力をもってティル＝ナ＝ファの肉体をつくり、この地に降ろすこと、なのか？」

神の名を誤認させることにより、神を降臨させる。

とんでもない発想の飛躍に思える。まさか、と思いたいところだ。

しかし理屈は通っていた。そう考えるなら、これまでのネリーのさまざまな行動が、言動が、おおむね理解できる気がした。

「可能なのか、そんなことが」

「さて、どうなんだろうね」

黒猫女王は目をぎょろりと動かした。

「普通に考えれば無茶だ。でも、あれはそのためにわざわざ、邪魔をしそうなやつらを排除した。北大陸でのあれの活躍は聞いているよ。下僕たちはたいそう慌てたらしいね。でも、あれにとってはそれすら、目的のためのちょっとした準備に過ぎなかったってわけさ」

「それは……魔物のことか」

「そういえば、あんたもひとつ、退治したんだったね。若いのにたいしたもんだよ」

ネリーが魔物を退治したのは、彼女の目的を妨げる可能性があったから、というのはある程度、想定内だ。ソフィーが聞けば、自分がこの地に赴いた理由がひとつ片づいた、と納得するだろう。

だからといって、魔物と一緒にジスタートの王を吹き飛ばしたことをうやむやにする理由はないが……それはまた別の問題だ。

「すまないが、あなたのいう、この地の人々が行ってきた儀式というのは……」

「あんたもついこの間、やっていたじゃないか」

「俺がした、儀式？」

「馬を揃えて、弓を揃えて、血を流す。この島の人々はそうやってずっと儀式をしてきた。そうさ、それこそこの地の神が七本の矢を授けた理由だ。下僕たちは、そんなことも忘れちまっていたのかい？　ちょっと驚いたよ。それでよく、儀式を続けていたものだねえ」

「戦争が、血を流すことが、儀式」

ティグルは愕然とした。これまで信じていた世界が、音を立てて崩れていくような感覚を覚える。この国は、戦を、人の死を神への供物としていたというのか。

以前、リムやエリッサたちと感じていた七部族という制度への違和感は、つまりこの制度が、互いに戦争するためのものであったから、ということか。

生贄《いけにえ》。

そんな単語が脳裏をよぎった。

この地の人々は何百年も生贄を捧げてきたのだ。人々の血は大地に染み込み、大地は長年にわたり力を貯め込んできた。

そして、今。ネリーという人物が、その力を横からかっさらい、己の目的のために利用しようとしている。具体的な方法まではわからないが、とにかく弓の王を名乗る者にはそれが可能なのだろう。

「そういえば、弓の王を名乗る者は七部族会議でエリッサに対して、彼女がどんな名前でも変わりなく彼女自身であることを褒めていたな……。それに対してエリッサは、たしか……そうだ、『今の時代においても、あなたが名乗ることには意味がある』だ」

あのとき、彼女はたしかにことの核心を突いていたのだ。

名乗りには意味がある。ことに、この地の神をティル＝ナ＝ファに誤認させようともくろむ者にとっては。

実際に、そのあと、ネリーはティグルにその誤認をさせ、それが可能であることを実証してみせた。

ああ、こうしてみると、ネリーの行動は一貫している。彼女は無駄なことなどなにひとつしていない。少なくとも、ティグルが知る限りの彼女は。

となると、あのときネリーが七部族会議を開いた意味もみえてくるというものだ。

更なる生贄が欲しかったのだ。

より多く、血を流すよう煽《あお》るつもりだったのだろう。結果的に、『砂蠍《アルピラ》』の暴走によって彼女が望む展開となった。会議を続ける意味はなくなった。

ではなぜ、姿をくらました？

今に至るまで、己の部族に戻らない？

ひょっとして、もう彼女にとって部族など必要ないのだろうか。あるいはなんらかの理由があって、部族に頼らない活動をする必要があるということなのだろうか。

いろいろなことがみえてきた。だが、まだいささか情報が足りない。

「弓の王を名乗る者が、今なにをしているか、わかるだろうか」

「猫はどこにでもいるとはいえ、下僕と下僕の見分けをつけられるほど暇な輩ばかりじゃない。そもそも、臭いが変われば別人みたいなものさ。そういうのはあんたたちの方が得意なんじゃないか？　少なくとも、最近、風に乗って届く歌は、あんたのものばかりだ」

「俺はそんなに人気者なのか」

「そりゃそうさ。北大陸で竜を討ち、魔物を討ち、精霊を討った。そんな英雄が、満を持してこの島に来たとあれば、そりゃあ猫も注目する」

この島に来たばかりのとき、草原で黒猫に出会った。都では、やけに猫たちの姿をみたように思う。今にして思えば、あれもそういうことであったか。

「だからといって、自惚《うぬぼ》れるんじゃないよ。若い奴はすぐ増長して、上ばかりみて、足を踏み外す。老婆心《ろうばしん》から言うけど、あんたはもっと足もとをみて、まわりをみて、堅実に歩くべきなんだ。わかるね、王にして狩人」

「忠告、感謝する。もうひとつ、教えて欲しい」

改まって、ティグルは訊ねる。いい機会だ、こうなったら根掘り葉掘り聞いてみよう。

「弓の王を名乗る者が、この地に貯まった力を自分のために利用しているらしい、という話はわかった。では、それを邪魔する方法はあるだろうか」

「難しいね」

黒猫女王は唸った。しばし口を、そして目を閉じる。

「そもそも、誰もそんなことを考えた者はいなかった。あの蘇った死者がなにをしようとしているのかって推測も、あくまで状況から考えてそれ以外なかろう、って結論になっただけなのさ。あたくしたちは下僕と違って長い時を経ても物事を忘れない。でも過去から来たあの者は、あたくしたちの知らないことを知っているのかもしれない」

黄金色の目を開く。

「だから、そうだね。ぱっと今、あたくしが思いつく方法もないことはないんだが……」

「なんでもいい。教えてくれないか」

「この大地に力が貯まっているから、不埒なことを考える者が出てくる。なら、その力をほかのことに使ってしまえばいいんじゃないかね」

「それは……できるのか」

「できるかできないかで言えば、できるはずさ。ただ、ねえ」

黒猫女王はためらうように一度、言葉を切った。ゆっくりと首を巡らせる。

「貯まっているのは、神を降ろすこともできるような力なんだよ。へんに解放すれば、この島が消し飛ぶかもしれない。これは、なんにも大袈裟なことじゃない。山が火を噴き地が割れ波がすべてを飲み込む、それくらいのことが起きても不思議はない力だ。あんたも、そういう力のことを少しは理解しているだろう?」

ティグルは己の脇に置いた黒弓に、ふたたび視線をやった。

知っている。一度ならず、ティグルはそれに近い力を行使した。あのときはほかの神器の助力や善き精霊モルガンの力があった。

そして善き精霊モルガンや暴走した半精霊モードレッドは、どれほど巨大な力を行使したか。山が形を変えた。放っておけば山脈そのものが消し飛んでいたかもしれない。

黒猫女王が言っている力とは、そういうものだ。

天変地異を起こすに足る、およそ人の身には余る暴威である。貯まったものをほかに使う、とはいえ、その方向性を誤ればとんでもないことになるだろう。

「なにか、いい方法はあるだろうか」

「さて、ねえ。ここはひとつ、あんたたちで考えてみたらどうだい」

黒猫女王は、おおきな口を横に広げて、にやりとしてみせた。ティグルは考える。口ぶりからすると、彼女には彼女なりの腹案がありそうだ。

それをあえて、ティグルには伝えなかった?

首をひねっていると、黒猫女王が何度かおおきな鳴き声をあげた。

猫の言葉なのだろうか。気配を感じて振り向けば、ぎょっとするほどたくさんの猫が木のうろの外に集まっていた。白猫もいれば黒猫もいる。茶色の毛を持つ猫も、まだらの猫もいた。皆、ちょこんと地面に座って、ティグルをじっとみつめている。

「もういいだろう。あんたたち、行っちまいな」

　黒猫女王がそう告げると、猫たちは無言でさっと左右にわかれ、森のなかに消えてしまった。広場は一瞬にして、閑散とした様子に戻る。

　ティグルは安堵《あんど》の息を吐いた。

「そう怯えてやりなさんな。あの子らは、あんたの姿をひと目みたいと集まってきただけなんだからさ」

「俺なんかをみて、楽しいのか」

「異なことを言う。あんたは下僕たちの間でも、竜殺しとして有名なんだろう？」

　たしかに有名なのだろうが、猫にまで穴が開くほどみつめられるとは思わなかった。せめて、もう少し、心構えをする時間が欲しい。

「いいじゃないか。モテるうちにせいぜいモテておくものさ。あんたが望めば、どの子だって背中を撫でさせてくれるだろう。膝に乗ってくれるだろう。甘えた声で鳴いてくれるだろう。そういうの、嫌いじゃないだろう？」

「嫌いではないが、そこまで好きでもないな。俺に貯まった力の使い方を考えろというが、俺にはそもそも力を使う方法がわからない」

「なんのために、あんたはその弓を持っているんだ」

「この黒弓から力を引き出す方法がわからなくて、苦労しているんだ」

黒猫女王はぐってりと床に横たわった。

「やれやれ、そうきたかい。いや、若い者の無知を笑ってはいけないね。あんたみたいなのを導いてこそ、立派な猫というものだ。でも、そうだねえ。あたくし自ら、というのも面白くはないか……」

面白くなくてもいいから、もったいぶらずにさっさと教えて欲しい。

ティグルはそう口に出したくて仕方がなかった。ぐっとこらえる。目の前の存在は、こんな姿かたちでこんな態度ではあるが、おそらくこの島においても特に重要な立場にある者のひとりであるはずだ。

黒猫女王が、そのおおきな口で器用に口笛を吹いた。

三つ、呼吸をするくらいの間が空いて、一匹の黒い子猫がティグルのそばに姿を現す。驚いたことに、ティグルはこの子猫が近づいてくる気配について、いっさい感じることができなかった。よほど忍び足に長けた猫なのだろうか。

よくよくその毛並をみれば、その黒猫は霧のなかでティグルがひとりきりになったとき、この広場まで導いてくれた個体と同一のようだった。

黒い子猫は黄金色の瞳でティグルをみあげ、ちいさく、可愛らしく鳴いた。

「先ほどぶりでございます、精霊に見初《みそ》められし英雄さま」

若い女性の声が聞こえた。

「百の百倍の年月を経てなお尊き三面にしてひとつのお方の力を宿す弓の持ち手。数多の歌に詠みあげられた誰もが待ち望んだもの、世の変革をもたらす希望の光。わたくしの名はテト。これよりあなたさまの活躍を見守りましょう。では、失礼いたしまして」

雌の子猫は助走もなしに跳躍《ちょうやく》し、ティグルの頭の上に乗った。おそるべき脚力だが、着地のときティグルが頭の上に感じたのは、ふわりと柔らかい感触だった。

「わたくしテトは、ここよりあなたさまの目となり、あなたさまの耳となり、あなたさまの主人となり、その英雄譚を静かにおっとりまったりと眺めるといたしましょう。干物は好みません。どうか寛大なお心で、新鮮な肉か魚を用意してくださいませ」

ティグルは助けを求めて黒猫女王をみた。黒猫女王は子猫そっくりの黄金色の双眸をおおきく見開き、口の端を歪めた。

「うちの孫もあんたを気に入ったなら、幸いなことだね」

「孫、なのか」

「正確には、あたくしの子どもの子どもの……ずっとずっと子どもだけどね。あたくしたちは細かいことに頓着《とんちゃく》しないのさ。あたくしの血を継ぐ子どもたちは、みんなあたくしの孫、ということになっている」

やはりこの黒猫女王、とんでもない歳なのだろう。

「テト、くれぐれもその下僕の邪魔をするんじゃないよ。必要な助言だけをするんだ。わかっているね」

「もちろんでございます、お婆さま。まったく、いつまでも心配性でいらっしゃるんだから。テトはもうとっくに一猫前でございますよ」

「一猫前」

ティグルは思わず、おうむ返しに呟いた。

「生まれてから、もう星の巡りが一巡したのでございます」

一歳ということか。猫の歳の基準はよくわからない。

「それで、この子は俺になにを教えてくれるんだ。あらかじめ確認しておきたい」

妖精たちは気まぐれで、特にティグルがもっとも濃厚な接触をしたアスヴァールの白猫は気まぐれの極みであったように思う。いや、あの白猫に言わせれば、「猫には猫の流儀がある」ということなのだろうが……。

「下僕には下僕の流儀がある。下僕の主人をするなら、下僕の気持ちを慮るんだ。わかるね、テト」

「もちろんでございます、お婆さま。テトはいつだって下僕の心を思いやることができる、優しい心を持った猫でございますよ」

本当に優しい心を持った者は自分のことを優しいなんて言わない気がするが、これは猫の世界での話だ、指摘するのはやめておこうとティグルは考える。

はたして彼の思考がどれだけ伝わったのか、テトがティグルの頭を前脚でぺしぺしと叩く。

「わかっておりますね、下僕。テトは優しい主人。復唱をお願いいたします」

「テトは優しいご主人さまだ。俺は果報者《かほうもの》だな」

「たいへんよろしい」

きっと今、黒い子猫は頭の上でつんと顎を持ち上げているのだろう。

「話は戻るが、俺はこの優しいご主人さまになにを教えて貰えるんだ」

「それはもちろん、森羅万象《しんらばんしょう》あらゆることでございますよ、下僕」

「それじゃあ、この地に貯め込まれているという力を引き出す方法を教えてくれ」

頭の上できょとんとする気配が伝わってきた。ティグルは黒猫女王と視線を交わす。黒猫女王がにやりとした。

「あそこに連れていっておやり。虚ろの柱だ」

「ああ、そういうことでございますね。でしたら最初からそう言いなさい、下僕。まわりくどい猫は三匹の魚を逃すと言うではありませんか」

また前脚で頭の上をぺしぺし叩かれた。

「虚ろの柱、というのは、この島の人が言う天の御柱のことでいいんだよな。そこの調査も、俺たちがここに遠征してきた理由なんだ。渡りに船だよ」

「あそこを調べるのですか。下僕は剛毅《ごうき》ですね。テトは驚きます」

「どういう意味だ。危険なのか。部下を連れていくと危ないなら、俺と腹心だけで行くことにするが……」

「危険、といえば危険でしょう。ですがまあ、下僕であれば大丈夫なのでは?」

「わかりやすく頼む、優しいご主人さま。俺はものわかりが悪い方らしい」

「仕方がありませんね。では、歩きながら説明するといたしましょう。お婆さま、それではお別れです。これよりテトは長い旅に参ります。どうかご健勝でありますように」

「馬鹿言ってるんじゃないよ。あたくしはいつまでだって元気さ。テト、あんたこそ無理をするんじゃないよ」

「ああ、なんてお優しい言葉でしょうか。テトは果報者でございます。もとより、テトは猫の名誉のためならば粉骨砕身、どのようなところへも参り、お婆さまの末裔《まつえい》としての誇りをもって使命を果たす所存です。たとえこの四本足が砕けようとも、最期まで這い進んでみせましょう」

だったらさっさと頭の上から降りて欲しい、とティグルは思いつつ黙って愁嘆場《しゅうたんば》にみえない愁嘆場をみていた。また前脚で頭頂部をぺしぺし叩かれた。

「では下僕、参りますよ」

ティグルは最後に黒猫女王に挨拶し、その場を辞《じ》した。

木のうろから出ると、いつの間にか空が赤く染まっている。日はすでに、西の空に沈みかけていた。

「リムは無事だろうか」

「下僕のつがいですね。大丈夫、すぐ近くに待たせてあります」

「霧のなかでずっと迷っていたりしないだろうな」

「ご安心ください、我ら猫のもてなしを受け、たいそう満足している様子でございますよ」

「ぬいぐるみでも渡したのか？」

猫のぬいぐるみを抱いて幸せそうにしているリムの姿を想起した。たしかにそれなら時間を忘れて幸福感に浸るだろうが……。

「下僕の発想は貧困ですね。英雄とて、戦以外のことは素人同然ですか。まあ、そういうこともあるでしょう。ですからテトが下僕を導くということ、よく得心《とくしん》いたしました」

「そこまで言うことはないだろう」

「あちらに」

テトの前脚が側頭部を叩いた。ティグルはその方角を向く。広場の隅に獣道がみえた。あれは前から存在したものだろうか。覚えがない。

そもそも、この広場がティグルとリムの入った森のどこに存在するかもわからない。霧で迷ったあと辿り着いたが、今にして思えば、善き精霊モルガンと出会ったときの状況と似ているようにも思う。

後日知ったことだが、善き精霊モルガンがいた場所は、その直前までティグルがいた土地とはかなり離れたところに存在する、それどころか普通に歩いていてはけして辿り着くことができないこの世界とはほんの少しだけ離れたところにあるのだという。

ここも、そのような場所ではないのだろうか。

もっとも黒猫女王が善き精霊モルガンほどの力を持つ存在かどうかはわからないし、よしんばそれほどの存在であったとしても、同じようなことができるとも限らない。そもそも広場の周囲の木々はティグルとリムが先刻までいた森と同質であるようにみえる。

どのみち黒猫女王の招きもなしには、ふたたびこの場所に辿り着くことはできないだろう。

そんな、たしかな予感があった。

「考えるだけ無駄か」

「どうなさいましたか、下僕」

「改めて、俺をここに招いてくれてありがとう」

「礼には及ばず。お婆さまの言いつけですもの。テトはきちんと言いつけを守る猫なのでございます」

「だとしても、だよ」

「常に感謝を忘れぬこと、あなたさまは本当によい下僕でございますね」

前脚で頭を撫でられた。まあ、叩かれるよりはいい。

広場を出て、黒い子猫に命じられるまま獣道を進む。道行く先によく目を凝《こ》らせば、行く手を遮《さえぎ》る木々の枝葉やつるが、ティグルが進むに応じて、まるで己の意志を持っているかのように蠢《うごめ》いて左右に分かれていく。

「これも、君がやっているのか」

「彼らがテトと下僕に表す敬意でございます。テトは彼らを尊ぶことを忘れません。下僕とて、そうでしょう？」

彼ら、とは木々のことだろうか。

自分は、はたして木や草にどれほど意識を向けていただろうか。正直、覚えがないし自信を持ってそう、とは口が裂けても言えない。

「戸惑っておられるようですが、それこそ下僕が彼らに対して抱く敬意そのものなのです。本当に敬意を持たぬ者は、そのありように疑念すら抱かぬものなのでございますよ」

「少なくとも、普通の狩人が森に抱く畏れと同じくらいには、その気持ちがあるかな」

「その正直さが、彼らには好ましく感じられるのでございます」

獣道の脇に、一本の巨木が姿を現した。根が二股に分かれた木だ。その股の間に、ひとりの女が横たわっていた。リムである。

ティグルは慌てて、地面に倒れるリムに駆け寄った。頭が揺れ、テトが振り落とされそうになった。黒い子猫は素早く飛び降りると、抗議の声と共にちいさく、かわいらしく鳴いた。

「大丈夫か」

リムを抱き起こし、訊ねる。呼吸は正常、外傷もみあたらない。なんどか声をかけると、リムは薄目を開けた。周囲を見渡したあと、ティグルと視線を合わせる。

「ティグル、私は……？」

「きみはここで眠っていたんだ、リム。たぶん妖精の仕業だ」

リムは慌てた様子で起き上がり、左右をみる。この場が安全であることを自分の目で確認したあと、安堵の息をついた。

「説明をお願いします」

「もちろんだ」

ティグルは先刻までの出来事を簡潔に話した。黒い子猫がティグルの頭に飛び乗り、前脚でぺしぺしと頭頂部を叩く。自分のことも説明しろ、ということらしい。

「この子猫は、テト。黒猫の女王陛下の子孫で、まあ、ケットと同じようなものだと思ってくれていい」

「ティグルはこの子と話ができるのですね。私とは？」

黒猫はかわいらしく鳴いた。ティグルの耳には、「難しいでございましょうね」というテトの声が聞こえた。

「残念ですが、私にはその資格がないみたいですね。本当に残念です。テト、せめてあなたを撫でさせていただけませんか」

テトはティグルの頭から飛び跳ねて、リムが差し出した両掌に着地した。しばし、彼女に愛玩《あいがん》されるままとなる。

「テトはよくできた猫ですので、こうして下僕を満足させてやることにためらいがございません。ですが普通の猫に対して過度の労《いたわ》りは気分を害される恐れがあること、よく心得るようこのメスにお伝えくださいませ」

「嫌だったらそう言ってくれていいんだ」

「嫌とは申しておりません」

テトがまた、かわいらしく鳴く。ティグルとテトの会話から、リムは「この子の機嫌を損ねてしまったのでしょうか」と小首をかしげた。

「テトは寛大な猫だそうだ。それより、もう日が暮れる。移動した方がいいんじゃないか」

「今から野営地に戻る道を聞いてください」

「テト、どうすればいい。そういえば、きみは弓の王を名乗る者のたくらみを邪魔する方法について教えてくれるという話だったが……」

テトはリムの腕から逃れ、ティグルの頭上に跳躍した。やわらかく着地する。

「そうでございましたね。テトが考えるに、下僕たちの集会に戻るのではなく、このまま目的の場所に向かった方がよろしいかと存じまする」

「目的の場所とは、どこだ」

「下僕たちの言葉で申せば、天の御柱」

ぺしん、とテトはティグルの頭頂部を叩いた。

「かつて神が降りし地が、それにふさわしい」

†

天の御柱。

はからずも、それはティグルたちの目的地のひとつであった。

妖精の女王に会い話をするというもうひとつの目的は達した以上、あとは天の御柱について調べることができれば、この旅の目的はすべて達成である。

ソフィーがその地に赴く手筈になっていたのだが……。

「俺とリムで天の御柱の下調べをしても、特に問題はないか」

「誰が調査しようが、結果さえ出れば構わないでしょう」

この点について、ふたりの意見は一致した。

「テト、今から天の御柱に行くとして、そこで一泊することになる。周囲に野営できる場所はあるだろうか。森の生き物に襲われるようなら、無理をしても野営地に戻った方がいいかもしれない」

黒猫に訊ねてみる。テトはティグルの頭の上に乗ったまま、彼の頭頂部を軽く叩いた。

「このテトが共にいるのですよ。ご安心くださいませ、おふたりは、お婆さまがお認めになった森の客人でございます。何者にも、おふたりを傷つけさせませぬ。なんでしたら、そこらの草むらに裸で寝っ転がってみてくださいませ。蛇も蛭も、おふたりをいっさい害することなく腹の上を這って去りましょう」

蛇や蛭に腹の上を這いまわられるのは、害がなくても御免被りたい。

「天の御柱に行こう」

建国の物語における、神が降りた地。実質的にこの国の始まりの地。

そこでなにがみつかるかはわからないが、少なくともここでじっとしているよりはいいだろう。加えてテトの保証があるなら、夜闇のなか、野営地に戻るよりもずっと安全に違いない。

その程度には、この黒猫を信じる気になっていた。

リムも異存はないようだ。

ティグルは黒猫を頭に乗せたまま、歩き出す。中身を黒猫女王に献上した木組みの籠は捨てて、リムから矢筒を受けとった。少し安堵する。やはり、矢が一本もない状態というのは、まるで裸で歩いているかのように心もとない気分になるものだった。

リムが一歩遅れて続いた。念のため、周囲の警戒は怠《おこた》らないよう努めている。背中をリムに預けられるのは、ティグルとしてもたいそう心強いことであった。

完全に日が暮れる。月はまだ昇らない。

夜の闇のなか、夜目のきくティグルであってもまっすぐ歩くのは困難かと思われたが……。

周囲で、ぽつり、ぽつりと緑の輝きが宿る。

木々の枝葉が、林床の草が、細長く伸びるつるが、ぼんやりと薄緑色に輝いて獣道を照らし出していた。

リムが目を瞠る。

「これが妖精ですか。なんと綺麗な」

「違います。ですが彼らは、我々を進んで導いてくれているのでございます、と伝えなさい、下僕」

この猫の言葉はリムに届かない。ティグルはテトの言葉をそのままリムに語った。

「彼ら、とは木々や下生えの草のことなのでしょうか」

「たぶん、そうなんだろう。でも俺は、木や草にこんな力があるなんて知らなかったよ。どこの草木にも、こんな芸当が可能なのか？」

「まさか、でございます。これは、この地に貯まった力を、彼らがほんのほんのほーんの少し、吸い上げたが故《ゆえ》のこと。それも、かの地のすぐ近くであるこのあたりだからこそ、できることだとお考えくださいませ」

「天の御柱の近くだと、木や草も力を持つのか。それほどに特別な場所ということでいいんだな」

「ああ、まさかそのようなことも存じなかったとは、このテト、下僕の無知を考えに入れずにさまざまに語っていたこと、たいへん申し訳なく思います」

言葉は丁寧だがたいへん馬鹿にされている。まあ、無知だったことは事実なので素直に受け入れようとティグルは思った。

「これからも、適宜、説明を頼むよ。俺たちは北大陸から来たんだ。この島ではあたりまえのことも知らないと思ってくれ」

「仕方がありませんね。下僕の無知を矯正《きょうせい》するのも主人の役目と心得てございます。このテト、さながら生の鮪《まぐろ》を食らいつくすがごとく、せいぜい力いっぱいおふたりの教育に誠意を尽くすこと、ここにお誓いいたしましょう」

たとえはよくわからないが頼もしい。無知故に致命的な事態に陥ることは避けたいものであった。少し馬鹿にされるくらいでこの地における人外《じんがい》の存在たちの知識を得られるなら、儲けものと考えるべきだ。

「ですがその道は辛く険《けわ》しい。鯨と戦う伝説の猫勇者がごとく、でございます。少々、無茶な鍛錬《たんれん》となること、ご承知くださいませ」

「いや、普通に丁寧に教えてくれればいいんだが……」

「それでは鼠《ねずみ》が子を産み育てるほどの時が経ってしまうでございましょう？　つまり手遅れになる前に、まずは実践して己の身で理解することが最上ということなのです」

「なんだかわからないが、わかった、とりあえずテト、きみがいいと思う方法で頼む。ただ、くれぐれも虐待はやめてくれ。さっきから俺の頭を叩いているが、人は頭皮の具合を気にする生き物なんだ」

この若さで禿げたくはない。

はたして黒い子猫はわかっているのか、いないのか。

「もちろん、このテトが下僕を悪いように扱うはずなんてございませんとも」

と自信満々である。きっとティグルの頭の上で、つんと顎を持ち上げて胸をそらしているに違いない。

適度に足をとめてリムと視線を合わせる。彼女は問題ないとうなずくが、それはそれとしてティグルの頭上を己の棲《す》み処《か》と定めた子猫に興味津々の様子であった。

「ティグルはその子とずいぶん仲良しになったのですね」

「猫に嫉妬《しっと》しないでくれ」

「私はあなた方の会話に加われないのですよ。少しは拗《す》ねもします」

言われてみれば、それはそうだ。ティグルは先ほどの会話を要約してリムに伝えた。

「ティグル、あなたの頭皮が欠損しても、私のあなたに対する気持ちはひと欠片も変わらないと誓いましょう。安心して虐待されてください」

「そういう保証が欲しいわけじゃない」

「では、どのような言葉が欲しいのでしょうか。私の頭皮を貸し出すことだけは断固として拒否いたします」

「俺としても、リムの美貌を損ねるような目には遭わせたくないよ」

どうして自分たちは、夜の森のなかで頭頂部の話をしているのだろう。

ふたたび歩き出す。周囲がぼんやりと明るいおかげで、足もとの心配をしなくていいのは助かることだった。

黒猫が鳴き声をあげる。ティグルには、それがどこか異国の歌のように聞こえた。言葉も歌詞もわからないが、悲しい恋を歌い上げているように感じられた。

周囲の森から、それに対する返事のように、複数の猫の鳴き声が聞こえてきた。

猫たちの鳴き声は輪唱となって、森にこだまする。

木々が風に揺れていた。不思議と、それは猫たちの声に従って音頭をとっているようにみえた。

ティグルとリムはまっすぐ獣道を進む。

森が途切れた。

月の光が差し込む。

目の前に、高さ二十アルシン（約二十メートル）を超える巨大な石の柱が全部で七本、直立していた。

「これが、天の御柱」

ティグルは呟いた。

†

森のなか、差し渡し五十アルシン（約五十メートル）ほどの広場だった。少し背の高い草が足もとを覆い隠している。

そこに、七本の石柱が屹立していた。

一本の、ひとまわり太い長方形の柱が中央に立ち、そこから十歩ほどの距離を置いて残る六本の長方形の柱が、等間隔の円状に立っている。細い柱の一辺は人が横に両手を伸ばしたほどで、太い柱はその倍くらいだろうか。

それが、天の御柱と呼ばれる遺跡のすべてであった。

石柱の表面は磨かれたかのように滑らかで、月の光を浴びて青白く輝いてみえた。いや、実際、淡く発光しているようだ。どういう原理かは不明だが、神が降りる場所ともなれば、そういうこともあろう。

「石が熱を持っているのか？」

「触ってみるとよろしいのですよ」

テトの勧めに従い、ティグルとリムは石柱の一本に近づいて、その表面にそっと手を触れた。

石柱の側面はひんやりと冷たく、滑らかな肌触りをしていた。

「苔も埃もついていない。誰かが毎日、手入れをしているのか？」

「いえ、誰も。これは昔から、ずっとこうなのだそうでございます」

テトの言葉を、ティグルはリムに伝えた。

「なんとも不思議なことですね」

リムは石柱を撫でながら、感嘆の声をあげている。

「このようなものが、ずっと……」

「ですが、以前にテトがみたときより輝きが強くなっている気がするのですよ」

「なぜだか、わかるか」

「誰かがこの地に貯まった力を解放しようとしている、ということでございましょう」

「力を使おうとしている。弓の王を名乗る者か」

ティグルは呟く。ネリーはこの近くにいるのだろうか。それともこの島のどこか遠くの場所で怪しげな呪術でも行っているのだろうか。

いずれにしろ、黒猫女王が語った推測の裏づけは取れたと言っていいだろう。やはり、ネリーはこの島に貯まった力をなんらかの方法で引き出そうとしている。目的や手段はともかく、ネリーの活動が確認された、というのはおおきな一歩であった。

加えて、さして猶予もあるまい。

「力の横取りをするなら、今すぐにでもやるべきだな。テト、できるか」

「下僕たち次第でございましょう」

「もちろん、なんでもやるつもりだ」

「たいへんよろしい」

テトはティグルの頭の上から飛び降りた。

空中で一回転し、尻尾《しっぽ》を丸めて地面に着地する。

黒い子猫は中央の石柱に駆け寄った。ティグルとリムは子猫に続き、細い石柱の脇を通ってひときわ太い石柱に近づく。

テトは中央の石柱のそばで立ち止まり、ティグルの方に振り向くと顔をあげた。

「どうすればいい」

「ここで」

とテトは告げる。

「おふたりがまぐわうのでございます」

†

ティグルは混乱して、首を振った。

「すまない、もう一度、言ってくれないか」

「おふたりでまぐわえ、とテトは申しております」

「意味をわかっているのか？」

「下僕の分際でテトを馬鹿にしているのですか？　今、この場所で、子をなせと申しているのですよ。なんでもすると申したではありませんか」

「たしかに、なんでもとは言ったが……」

「もしや、ふたりはつがいではないのですか？」

ティグルは隣でぽかんとしているリムをみた。テトの言葉がわからない彼女は、ティグルの困惑する様子に「どうしたのですか」と訊ねてくる。

ティグルは先ほどの会話を正直にリムに語った。リムはしばし沈黙する。

「ご安心ください、ティグルが冗談を言っているわけではないことはわかります」

「きみがそこを理解してくれて、とても嬉しい」

「テトに理由を聞いていただけますか」

そうだった、まず相互の認識を共有するべきだろう。

ティグルがテトに訊ねる前に、黒い子猫はリムの方を向いた。

「そうでございますね、ある種の下僕は天の理より自らの理を重視すると聞いたことがございます。テトは下僕にもさまざまな種がいると理解しているのですよ」

かわいらしい声で鳴く。リムの言葉はテトに通じているのだ。

「とは申しても、テトはお婆さまほど過去に通じているわけではございません。この島に来訪した下僕が神を降ろす際に用いた方法を再現するのがよろしい、と申しているだけでございます」

「建国の王妃ディドーの神降ろし、か」

建国の物語で、王妃ディドーはこの地に赴き島の神に会い、七本の矢を手に入れる。実際に王妃ディドーが存在していたかどうかはわからないが、彼女に相当する立場の指導者はいたであろう。その人物が、この地に足を踏み入れた。

テトが語っているのは、この地の妖精たちが知る、そんな事実である。

そして、神が降り立つに至ったディドーの行為とは……。

「待ってくれ、この地に神を降ろしてしまっていいのか。それはそれで問題が出てくるんじゃないか」

「降りません。すでに亡くなっておられるかのお方が降りてくることは、けっしてございません」

　そういえば、この地の神は亡くなった、と黒猫女王も言っていた。

「おふたりは他者が使う前に、くだんの力を奪い取りたいのでございましょう」

「そういうことか。神は降りないが、弓の王を名乗る者が力を使う前に、それを枯渇させることはできる、というわけか」

「下僕は賢いですね。大甘に甘く甘く採点いたしまして、合格、褒めてさしあげましょう。若者は褒めて伸ばすのが最上と心得ているのでございます」

　ならば、もう少し言葉を柔らかくしてほしい。

「ちなみに、儀式を行う者は誰でもいいのか」

「矢を与えられたものと、矢を射るもの。最上の組み合わせでございます。理解いたしましたならば、どうぞふたりでまぐわいなさい。それとも下僕の都合は存じませんが、別の者をつがいとする方がよろしいのでございますか」

「いや、それは……」

　ティグルは困惑してリムをみる。

「ティグルの反応で、テトになにを言われたか、だいたいわかります」

　微笑を浮かべるリムに、ティグルは返事ができなかった。テトが中央の石柱から離れて二人のそばをすり抜ける。ティグルたちを振り返って、かわいらしく鳴いた。

「では、しばし散歩に出てまいりますので、二人でごゆっくりお楽しみくださいませ。テトはよく気がつく猫なのでございます」

暗がりに消えていくテトを呆然と見送ったティグルは、心の整理がつかないままリムに向き直る。何かを言おうとしたが、何も浮かばなかった。

リムがくすりと笑って、ティグルの右手をとった。その手を己の胸もとに持っていく。ティグルの掌がリムの肌に押し当てられた。掌を通して、人肌のぬくもりと共に、心臓の鼓動が伝わってくる。

「鼓動が速いでしょう」

「……ああ」

声がかすれた。体中が熱くなり、さっきとは違う意味で落ち着かなくなっている。

「私だって、緊張しています。ティグル、私と……」

「俺に言わせてくれ」

ティグルはリムの言葉を遮った。

「こんな形ですまない。でも、リム、ここで俺と結ばれてくれ」

リムは返事のかわりに、ティグルの口を自身の唇でふさいだ。

ティグルは目を丸くしたが、リムの胸から手を離し、両腕を伸ばして彼女を抱きしめる。

リムもまたティグルの首に両手をまわした。体を密着させながら、二人はむさぼるように唇を押しつけあう。リムの甘い匂いと唇の感触、熱い吐息がティグルを埋めつくした。

唇を離す。リムの頬は上気し、瞳は潤んでいた。

唾を呑みこんで、リムの胸元に両手を伸ばす。リムは何も言わずにティグルを見つめている。彼女の服を左右に押し広げると、透き通るような白い乳房が月の光に照らしだされた。かすかに汗ばんでいる。はじめて見たわけではないのに、ティグルはじっと見つめてしまった。

リムが消え入りそうな声でティグルの名を呼ぶ。

促《うなが》されて、ティグルはやや急いで衣服を脱ぎ捨てた。豊かな双丘に触れる。掌を滑らせて撫でまわし、揉みしだく。リムが口を引き結んで声を押し殺した。ティグルは身を乗りだして、乳房に口づける。舌先に触れた桃色の尖端《せんたん》が硬くなっていくのを確かめた。手の動きは止めずに、突起を吸う。リムの口から吐息と嬌声《きょうせい》が交互に漏れた。もっと声を聞かせてほしいと思ってしまい、もう片方の突起に移る。

ふと、リムを見上げる。

羞恥に顔を赤く染めながらも、自分に優しく微笑みかけていた。あらためて、彼女は自分より年上なのだなと思う。

胸から手と口を離す。

ふうっと熱い息を吐きだしたリムの背中に手を回して、ゆっくりと地面に横たえた。彼女のスカートの中に手を入れて下着を引き脱がす。

無言で見つめあう。おたがいに言葉が出てこない。必要もなかった。リムがうなずき、ティグルはうなずき返す。ゆっくりと彼女の上に覆いかぶさった。

†

ティグルは上半身裸で、草むらに寝転んでいた。

夜空を眺める。

いつの間にか、月が真上に来ていた。

隣で衣擦《きぬず》れの音がする。リムが半身を起こし、豊満な乳房を服に収めるところだった。

「これで、なにが起こるのでしょうか」

リムは呟く。

「ティグルと結ばれたことは嬉しいのですが、その結果として起きることについては気になります」

「なにも起こらない、のかもしれない」

ティグルはそばの石柱をみつめた。相変わらず、淡く青白い光を放っている。いや、少しその光が弱くなったような気もする。

「俺たちの目的は、あくまで相手の妨害だからな。テトにもっと詳しいことを聞いておけばよかったが……」

中央の石柱の側面に手を触れる。つるりとした感触があった。

「これの近くで、というのも曖昧《あいまい》すぎる」

「そうですね。私などまた聞きなのですから、なおさらです。本当にこれで……」

服を着たリムがティグルの真似《まね》をして石柱に手を伸ばし、ティグルのすぐ横の面に触れた。

次の瞬間、石柱から光が弾けた。

ふたりの掌が触れた部分を起点として、純白の輝きが爆発的に広がる。リムが悲鳴をあげた。

ティグルは慌てて手を離そうとしたが、ティグルの掌は石柱に吸いついたように動かなかった。

光が収束する。

柔らかく温かいものが、ティグルの掌に触れていた。かたわらをみれば、リムが呆然として薄目をあけている。その目が、おおきく見開かれた。

「これは」

その言葉に、ティグルは彼女の視線の先を追う。

中央の石柱が消えていた。

かわりに、リムの掌の先には、白いちいさな手があった。ティグルの掌の先にも、ちいさな手があった。

いや、宙に浮いた小柄な少女の両手が、ティグルとリムの掌に触れているのだった。

少女の年齢は八、九歳といったところだろうか。

透けるような白い肌の、裸の少女だった。リムを思わせる黄金色の髪が風に揺れている。蒼い双眸が、ティグルとリムを交互に眺めていた。

少女は、ティグルとリムから手を離した。ぬくもりが消えたことに、ティグルはなぜか言い知れない寂寥感《せきりょうかん》を覚える。

少女が、ゆっくりと地面に降りる。裸のちいさな足が草を踏んだ。少女はティグルとリムをみあげた。桜色の唇がゆっくりと動く。

「お父様、お母様、おはようございます」

ジスタートの言葉で、はっきりとそう言った。

第4話　娘

消えた中央の石柱のかわりに現れた少女は、ティグルとリムを父、母と呼んだ。

ティグルは混乱する頭を振って、ひとまず裸の少女に自分の上着をかけた。

「ありがとう、ございます！」

少女は少しはにかんだ笑みを浮かべてティグルの服を羽織《はお》る。丈が合わず歩きにくそうだったが、いつまでも裸でいるよりはマシだろう。

少女はぶかぶかの服でよちよちと歩き出した。等間隔で立つ石柱を抜けて広場のはずれ、森の入り口に赴《おもむ》く。

ティグルとリムは、なにをするのかと、彼女の行動を少し離れたところで黙って見守った。

「よし、よし」

と少女は呟《つぶや》き、ちいさな掌を一本の木に押し当てた。

木の枝がまたたく間に伸長し、花が咲いた。

赤い果実が生まれ、膨らんだ。一本の枝が少女の前に垂れ下がる。少女は枝から果実をもぐと、ひと口かじった。

「おいしい、です！」

果汁で喉を潤すと、ティグルたちの方を向く。果実の汁で、口が真っ赤になっていた。

「お父様とお母様も、たべますか？」

「いただこう」

「ティグル？」

「害意はなさそうだ。まずは交流して、話はそれからでいいだろう」

警戒を促《うなが》すリムを安心させるように笑いかけ、ティグルは謎の少女のそばに赴いた。少女は赤い果実をもうひとつ枝からもいで、ティグルに手渡す。

ひと口、かじった。柔らかい表皮の中身は果汁がたっぷりで、甘酸っぱい味がした。

旅の間に部隊の狩人たちが採集した果実のなかに同じ実があったことを思い出すが、それよりこちらの方が少し小ぶりなわりに、ずっと甘さが強い。

「おいしいな」

「でしょう！」

少女は嬉しそうに胸を張った。

「お父様に褒めてもらって、この子も嬉しそうです！」

少女は木の幹をぽんぽんと叩いた。風が吹いたわけでもないのに、木の枝葉が揺れる。まるで、本当に木が身じろぎしたかのようだった。

「木の言葉がわかるのか」

「はい！」

「俺は、ティグルヴルムド＝ヴォルン。そこの女性は、リムアリーシャ。きみの名前は？」

「ありません！　お父様とお母様がつけてください！」

ティグルとリムは顔を見合わせた。

とりあえず問題はなかろう、とリムもこちらに寄ってくる。少し内股だった。少女はリムにも赤い果実を渡す。リムはそれをひと口かじって、笑みを浮かべた。

「たしかに、おいしいですね」

「よかったです、お母様！」

「あなたは……いったい、何者なのですか」

「お父様とお母様の、娘です！」

ティグルとリムは、互いに首を横に振った。

話が通じない。

正確には、会話が繋がってはいるのだが、本当にティグルとリムが聞きたいことを相手が理解していない様子である。

幼い外見から考えれば当然ではあるのだが、しかし彼女の現れかたはあまりにも突拍子もなく、そしてそこから類推できる彼女のおおよその正体は、あまりにも……。

そう、にわかには受け入れがたいものがある。

リムが少女に近寄り、その瞳を覗き込んだ。ティグルは思う。こうしてふたりをみていると、たしかに少女にはリムの面影があるような気がしてくる。

「ティグルの面影があるような気がします。目もとのキリッとしたところとか」

「そう、なのか？」

「娘、ですから！」

少女は胸を張る。やけにふたりの子であることを強調するものだ。本来ならありえないことではあるが、ティグルとリムは彼女が現れた経緯をその目でみている。加えて、今、樹木に語りかけて木の実を成長させた場面も目撃している。

ありえないことがありえるような舞台が整っていた。

「きみの不思議な力は、俺とリムの娘というだけではありえないものだと思うが、どういう要因でその力を手に入れたんだ」

少女は小首をかしげて、きょとんとする。あ、これ以上聞いても無駄だな、とティグルは思った。立ち上がり、左右を見渡す。

「テト！　いないか、テト！」

はたして呼吸ふたつほどの後、黒猫は、近くの木陰からのっそりと現れた。

テトが口を開く前に、訊ねた。

「この子が現れることは予想していたのか。詳しく説明して欲しい」

「せわしない下僕でございますね。テトはまったく存じておりませんでしたとも。いったいどうしたものか、困惑することしきりでございます。ですが儀式には成功いたした以上、下僕にとってはなんら問題ございますまい」

「いや、問題がないわけ……うん？」

今度はティグルがきょとんとする番だった。言われてみれば、目的を達成できたのなら、ひとまずそれで良しとするべきだ。

「この地に貯まった力は、どうなった」

「そのほとんどが下僕たちの儀式によって吸い上げられ、もはやこの大地には微々たるものしか残っておりません。いかなる者のたくらみであっても、それは水泡に帰すことでありましょう」

ティグルたちの目的は、あくまでもネリーのたくらみの邪魔をすることであった。それが無事に終わったというのなら、少なくともこの黒猫に文句を言う筋合いではない。

ただ、その結果として生じた出来事については、その限りではない気がする。

「この子は、どうすればいい」

「下僕は自分たちの行いの責任もとれない、と言うことでございましょうか。なんと野蛮なことでしょう」

「そういう意味で言ったんじゃない。彼女を俺たちのもとに連れ帰ってもいいか、と聞いているんだ」

「もちろん。産んだ子を捨てる猫などどこにもおりませんとも」

ティグルは安堵《あんど》した。しゃがんで少女と目線を合わせる。

「きみは俺たちといっしょに来るか？」

「はい！　お父様とお母様と、いっしょです！」

「わかった。じゃあ、あとは任せろ」

ふと、気づく。立ち上がり、リムと顔を見合わせる。

「彼女の名前は、どうしよう」

「本来であれば、じっくり考えてつけてやりたいところですが……」

いつまでも、きみ、とか娘、などと呼ぶわけにもいかないだろう。

「ティグルの娘ということであれば、ブリューヌ風にするべきでは」

「それを言ったら、リムの娘でもあるわけだから、ジスタート風にする手もある。いや、この地の力で生まれた子だからカル＝ハダシュト風にするべきなのか？」

ふたりで考え込む。黒猫がひとつ鳴いて、「仮初《かりそ》めの呼び名でも、さっさとつけてさしあげなさい」と言った。

「仮の名、か」

「呼び名がなくては、ありようが歪みます。この者を普通の幼体と同じとは思わぬことでございますよ」

「呼び名がなければ、無邪気に笑っている少女を見下ろした。

ティグルは、歪む……」

「そうか、そもそもことの発端は、この地の神が名を失っている、というところからだった。

俺たちの世界ではともかく、こちら側では、そういう認識なんだな。呼び名は存在のありようを定める。存在が存在たるためには、呼び名が必要である。そういう仕組みなんだな」

であれば、とティグルはぽかんと口を開けている少女のもとにふたたびしゃがみこむ。

「俺とリムがきみに名前をつけたい。どんな名前がいい？」

「お父様とお母様から頂いたものなら、なんでも嬉しいです！」

たぶん、とティグルは思う。

ここで彼女にティル＝ナ＝ファと名づければ、ネリーのたくらみの一端を担うことになるのだろう。そんな、たしかな予感があった。

これまでに聞いた諸々の話が真実だとするなら、名は存在のありようを定めるからだ。

故《ゆえ》にティグルは、それ以外の名を選ぶことにする。

「アレクサンドラ」

そう、告げた。

「それが今から、きみの名だ」

「はい！　アレクサンドラ、です！」

「よろしいのですか、ティグル。その名は……」

アレクサンドラ。一年前、円卓の騎士としてティグルたちと戦った、蘇った死者のひとりの名だ。彼女は生前、ジスタートの人物であった。リムの主であるエレンの親友でもある。

アスヴァール内乱を生き延びた彼女は、残り少ない余生をアスヴァールの片田舎で暮らし、訪れたエレンに看取《みと》られ、二度目の生を終えたという。

エレンや親しい者は、彼女をサーシャと呼んでいた。

故にティグルは、この娘の愛称もこの場で定めることにする。

「アレクサンドラ。きみの愛称はサンディだ。いいかな」

「はい！　サンディ！　嬉しいです！」

名前。呼び名。七部族会議のときのエリッサとネリーの会話。黒猫女王とテトの語った、さまざまなこと。

あれに意味があるのなら、アレクサンドラという名とサンディという別の愛称を貰った彼女には、きっとネリーに縛られない自立したひとりの人としての生が約束されるに違いなかった。

七部族会議の席で、エリッサはネリーに対してこう言った。

「今の時代においても、あなたが名乗ることには意味がある」

そのときネリーが示した感情の発露《はつろ》が嘘でないならば、その通りなのだろう。

彼女は名前、呼称、自己の認識というものに強く縛られている。

それが彼女の強さの源泉なのかもしれない。

同時に、それを利用すれば、彼女の強みが失われるのではないか。

であるが故、ティグルは同じ円卓の騎士として蘇った死者が別の愛称を持つ、という可能性に賭けることにした。

これが功を奏するかどうかは、わからない。

そもそも命名というものに本当にそこまでの意味があるのかもわからない。

だが現実に、彼女は生まれてしまった。自分とリムの娘であるという。

彼女は生まれてすぐに特別な力を示した。邪《よこしま》な考えを持つ者に知られれば、その力を利用され、あまり嬉しくはない結果を導くかもしれない。

その邪な考えを持つ者、のひとりには当然、ネリーも含まれている。

だから、名づけの時点で、ネリーへの対策を施《ほどこ》す。

それが今、ティグルが彼女にしてやれる精一杯であった。

「これからよろしく、サンディ」

ティグルは己が名づけた少女を抱きしめた。少女は嬉しそうにそれを受け入れる。

黒い子猫が「下僕もいろいろ考えるものですね」とかわいらしく鳴いていた。

ティグルとリムは、夜を徹して今後のことを打ち合わせた。その間、テトはリムの膝で寝息を立てていた。

†

翌日の朝、ティグルたちは日の出と共に森を移動し、野営地に戻った。

八歳前後にみえるひとりの白肌の少女と一匹の黒い子猫を連れ帰ったことに、野営地は騒然となった。

ティグルとリムが不在の間、兵を預かっていたソフィーが、当然という顔で出迎える。

「すべて上手く行ったのね。本当によかったわ」

と皆に聞こえるところで言ったことで、ある程度騒ぎは収まった。

後にきちんとした告知をする、とティグルは告げ、サンディを連れてソフィーが使う天幕に全員で引きこもる。

信頼のおける者を外で見張りに立たせたうえで、天幕の中央に敷かれた絨毯に座った。

「もちろん、きちんとわたくしに説明してくれるのよね」

ソフィーは笑顔で訊ねてくる。威圧感のある笑みだった。

「どこからどこまで話せばいい」

「最初から、全部」

　ソフィーに一連の出来事を語った。

「まずは、ティグル、リム、おめでとう。ふたりが結ばれるのを、エレンも首を長くして待っていたのよ」

　彼女はそう祝福してくれた。続いてサンディの方に向き直る。ティグルとリムの間に座った少女はテトを膝に置いて、落ち着かない様子で天幕のあちこちを眺めていた。

「この子をどうするつもりなのか、聞いてもいいかしら」

「俺とリムの子として育てるつもりだ」

　これについては昨夜のうちにリムと相談してある。

「できれば、普通の子として育って欲しい」

「普通、ね」

　ソフィーはなにか言いかけて、その言葉を呑み込んだ。

　普通とはなんなのか、それは本当に可能なのか、そもそもサンディが持つ力はどうするのか。言いたいことは山ほどあるだろう。ティグルだって、リムだって、気持ちは同じだ。だからといって、最初からなにもかもを諦めるわけにはいかなかった。

　なによりティグルとリムには、儀式を行った責任がある。その結果が予想外のものであったとしても、サンディという人物が生まれたのがティグルとリムの行為の結果である以上、そこから目をそらすつもりはなかった。

「サンディ、少しいいかしら」

ソフィーにそう問われ、サンディは慌てて居住《いず》まいを正した。

「あなたはティグルとリムのことが好き？」

「お父様とお母様のこと、大好き、です！」

「あなたはこれから、どうしたいと思っているの？」

「お父様とお母様のお役に立ちたい、です！」

「そう。とてもいい子ね、サンディ。でもそのことは、ティグルとリムと、きちんと話し合ってからにしましょうね」

「はい！　話し合います！」

ソフィーはティグルの方を向いた。

「そういうわけだから、わたくしから言うことはほかにないわ。どうか、この子の気持ちも考えたうえで今後のことを決めてちょうだいね」

「わかった。そうだな、この子の気持ちも、もちろん大切だ。そのことに気づかせてくれてありがとう」

ソフィーは「どういたしまして」と笑うと立ち上がり、天幕から出ていく。

兵に対して、いつまでも説明なしのままでは収まらないだろう。いずれティグルの口から語るとしても、ここは彼女に任せることにする。

「サンディのやりたいことについて、改めて教えて欲しい」

　いきなり八歳前後の子どもとして現れた彼女には、「ティグルとリムの子である」という以外の記憶がほとんどないことが、昨夜すでに判明している。

　ただし言語は流暢《りゅうちょう》で、ジスタートの言葉とブリューヌの言葉、さらにはこの地の言葉を苦も無く操る。それ以上の詳しいことについては、これから話し合うなかで知っていけばいいだろうと考えていた。

　問題は、彼女が生まれた段階からすでに望みを持っていたということである。

　ティグルとリムの役に立ちたいと、なぜかそう強く願っていた。

「お父様とお母様のお役に立ちたいです！　なんでもします！」

　やはり彼女は、今回もそう返事をした。

「とは言われてもな……」

「子どもはすくすく育てばいいのです。勉強して、遊んで、眠る。それだけで私は嬉しく思いますよ」

　サンディは口先を尖《とが》らせた。彼女の膝で寝そべっていたテトが頭を持ち上げる。

「よろしいですか。下僕はあなたがなにをできるのか、知らないのです。まずはあなたを知って貰うことから始めればよいと、テトはそう思います」

「わかりました、テト！」

この通り、彼女はティグルと同様、テトと会話することもできた。テトの方は、心なしかティグルに対してより丁寧にサンディに接している。彼女がどういう存在なのかを考えれば、テトの態度は充分に納得できるというものであるが……。

「なにをみせるべきでしょうか、テト!」

「この地の下僕たちは、馬を操れて一人前、と言われるそうです。馬を操りましょう」

「わかりました! お父様、お母様! 馬を操ります!」

笑顔でそう告げるサンディに、ティグルとリムは困惑するも、テトが「この子ができると言えば、できるのですよ、下僕たち」と助言を出した。

「わかった、じゃあやってもらおう。ただし、一度休んでからだ」

サンディのまわりの木々は彼女を避けていたし、その歩みはとてもしっかりしたものだったから、そう疲れてはいないかもしれない。それはそれとしてまだ幼い子どもだ。元気にみえても疲労が蓄積している可能性はある。

「くれぐれも無理はしないでくれ。疲れたと思ったら、できないと思ったら、すぐそう言って欲しい」

「わかりました! 無理なら言います!」

「あとは……服だな。きみがひと眠りする間には準備してもらう」

今はティグルの外套を着せているが、いつまでもそのままとはいかないだろう。これについては手先の器用な兵に任せるしかないかもしれない。

外の見張りに、いくつか手配を頼む。

「いっしょに眠りましょうか、サンディ」

「はい、お母様！　お父様も、こっち、こっちです！」

かくして、サンディを真ん中にして絨毯の上、横になって眠った。

†

昼になり、鍋で肉を煮る香りが天幕に入り込む。ティグルが目覚めると、半身を起こしたサンディがじっと彼の顔を眺めていた。

「お父様、おはようございます」

「おはよう、サンディ」

少女は、にへらと笑った。

「ごはん、ですか？」

「もう少しだろうな。料理ができたら誰か呼びに来るはずだ。なにかその前に、したいことがあるか」

「馬！」

横でリムが起き上がってくる。

サンディは馬の扱いが上手だった。とても上手かった。

外に出て、サンディが手を振る。

馬が、やってくる。しっぽを高く上げていた。鞍を外した状態の馬が、興奮しているのだ。

サンディの前で頭を垂れる馬に、少女は「よし、よし」とその頭を撫でてやる。

「馬！　乗ります！」

かけ声ひとつ、サンディは、ふわりと宙に浮いた。

周囲の兵士が目を丸くする。

少女は、鞍もない馬の背にまたがった。

「よしよし、いい子です！」

少女がその背の毛並みを撫でてやると、馬が気持ちよさそうに鳴く。

そのまま、彼女と馬は野営地を一周した。

子どもが馬に乗るところなど見慣れているであろう部族の兵たちであったが、サンディと馬がそばを通りがかると、目を剥いて馬上の彼女を眺める。

これほど馬が喜んで、子が笑いながら騎乗している様子も珍しい、と口々に語った。

「あの子が乗っている奴、気性が荒くて有名なんですけどね」

兵のひとりが、しきりに首を振ってティグルに言う。彼の指差す先では、サンディの騎乗した馬が、上機嫌で散歩していた。

「弓巫女《アルディア》様と魔弾《デウリア》の神子様の子ども、って本当なんですかい」

「経緯についてはあとで説明するけど、そう思ってくれていい。不思議なこともいろいろすると思うが、悪気はないだろうから、問題がありそうだったら注意してやってくれ」

「恐れ多いですよ」

「俺とリムの子だからか？」

「そりゃもちろん、あんな神童《しんどう》だからです。まるで馬が、自分からあの子にかしずいているみたいだ。およそ、俺たちが教え諭《さと》せるような才覚じゃないでしょう、ありゃあ」

なるほど、乗馬が得意な者が偉い、という価値観が長じれば、馬があれほどの敬意を抱いて乗せている子に対してそうなるのも道理か、とティグルは思った。

彼女がどういう存在かを説明するに際して頭を悩ませていたが、ひょっとすると兵は、今、この光景をみてある程度、納得したかもしれない。

これは尋常な子ではない、という理解である。

「お父様、お母様！」

一周してティグルとリムのもとに戻ったサンディは馬の背から跳躍《ちょうやく》して、というよりふわりと浮いて、ティグルの首に抱きつく。

ティグルは彼女の脇の下に両手を通して、その身を持ち上げた。

「馬！　乗りました！」

「楽しかったか？」

「とても、楽しかった！」

「馬にお礼を言おう」

「はい！　乗せてくれて、ありがとう！」

馬が頭を下げて尻尾《しっぽ》をぴんと立てる。少女は目の前にきた馬の鼻づらを撫でた。

「飯にするか」

親子三人は自らの天幕に戻る。すぐに料理が運ばれてきた。

木製の椀にたっぷりと入った馬肉の煮込みだ。

肉は具合が悪くなった馬を絞めたもので、椀を持ってきた兵は、丈夫で気のいいやつだった、と生前の思い出を語った。

スープには酸味の強い果実と歯ごたえのある野菜、それに森の浅層で採集したきのこがたっぷり入っており、香草で味が調えられている。

そもそもサンディがなにを食べられてなにを食べられないか聞いていなかったのだが、彼女は抵抗もなく椀と匙を受けとると、絨毯の上に座り込んで、ものすごい勢いで中身を貪った。

あっという間に椀が空になる。

「おいしかった、です！　お腹いっぱいになりました！」

「肉も野菜も茸も平気なのね」

いつの間にかそばに来ていたソフィーがサンディから空の椀を受けとる。

「なんでも食べます！　きのこも、生で大丈夫です！」

そんなことまで聞いてない。

だがそれはそれとして、重要な情報だった。本当に生のきのこを食べさせる気などさらさらないとはいえ、不慮の事故というのはいつでも起こりうる。

「好き嫌い、ありません！」

「馬に乗ったあと、馬の肉を食べるのを嫌がる子もいるのだけど、あなたは平気なのね」

「死んだら食べます！　お父様の肉でも大丈夫です！」

「あまり、そういうことは公言しない方がいいわね」

ソフィーが苦笑いしてティグルをみる。

知識もあるし教育はいらないかと思ったが、予想外のところでこの地に暮らす人々のあたりまえというものを学ばせる必要がありそうだった。

「宙に浮くのも、他人にみせない方がいいでしょうね」

リムが言った。

「果実を一瞬でふくらませるのも、みている人が驚いてしまいます。あとでゆっくりと教えますね」

「はい、お母様！」

わかっているのか、いないのか。

この子ども、返事だけはいい。


兵たちが食事をしたあと、ティグルは彼らを集めてサンディを紹介した。

彼女は天の御柱で行われたティグルとリムの儀式によって誕生した存在であること。

少し不思議な力を持つこと。

疑いようもなくティグルとリムの子であること。

その三点が肝要であると兵に伝える。

さきほど、馬を文字通り使役してみせた彼女の様子を皆がみていたから、兵の反応は「さもありなん」というものであった。

なお演説の間、ティグルの頭の上に座り込んでいたテトであるが……。

「彼女は妖精の女王から派遣された女王の孫だ。そのつもりで扱って欲しい」

とティグルが告げると、兵たちは一斉にのけぞり、数歩後ずさり、それによって後ろの者と共にばたばた倒れる事態まで発生した。

彼らは一様に、テトをひどく恐れ、おののいていた。

「妖精、というものはこれほど畏れられているのね」

ソフィーがその様子をみて、興味深いとなんどもうなずく。

「それだけ、この地では妖精が身近だから、脅威を認識しているということなのかしら」

「俺たち、マゴー老からいろいろ聞いてますから。油断すれば食われる、と」

兵のひとりが呟く。言われてみれば、『天鷲《アクイラ》』の刺青《いれずみ》が入った兵の方がよりテトを恐れているようにみえる。

「まったく、失礼な下僕たちですね。テトは人を食ったりしません。お腹を壊します」

テトはティグルの頭を前脚でぺしぺし叩いた。

「しっかり周知するように。貢物《みつぎもの》はいつでも歓迎すると伝えなさい」

「持ち切れないほど貢がれるぞ」

「それは困りますね。魚を取りすぎて腐らせる愚かな猫の逸話《いつわ》はテトもよく存じております」

猫の逸話とはどういうものなのか、少し興味が湧く。

かくして、この地で為すべきことは終わった。

ソフィーは自身も天の御柱をみてみたいと考えているようだったが、「わたくしがみたところで、きっとティグルとリムが知った以上のことはわからないでしょうね」とそれでも一日潰す必要はないと判断した様子であった。

手際よく撤収の準備を終え、ティグルたち一千騎は帰路につく。

サンディは一頭の馬を選び、自分でこれによじ登った。浮遊する力を使っていないにもかかわらず、馬の後ろ足を木登りの要領で、驚くほど器用に、そして力強く登る。尻に手をかけて、高く跳躍。ふわりとその背に乗ってみせたのである。

「馬が、じっとしていて、くれました。ありがとう、ございます」

そう言って、笑顔で馬のたてがみを撫でている。馬は嬉しそうにしっぽを立てていた。

「振り落とされないように、というのは余計な心配ですか」

「この子なら、だいじょうぶです！　お母様、心配してくれて、嬉しいです！」

リムと、そんなやりとりをしていた。

周囲で見守る兵の数名がそんなサンディに近づこうとしたところ、テトがサンディの馬の頭に飛び乗ったことで、さっと潮が引くように後ずさる。

「テト、いっしょにいきましょう」

「ええ、サンディ。素敵なお姫さまに、テトを旅の間、可愛がる権利を授けましょうではありませんか」

テトはサンディの股の間に着地し、彼女の伸ばした腕のなかに収まる。

馬が歩きはじめた。サンディは揺れる馬の上で、足だけで器用に平衡を維持しつつ、鼻歌を歌いながら、嬉々としてテトの毛をいじっている。

聞いたことがない、不思議な旋律だった。

「サンディ、その歌はどこで聞いたんだ？」

「森のみんなが、歌います！」

「森の……妖精たち、なのかな」

妖精たちの歌。ティグルはまだ聞いたことがなかった。

「リム。一応、サンディをそばでみていてくれ」

「わかりました。ティグル、兵の慰撫はお願いします」

テトのせいで、兵は誰もサンディのもとに近寄らなかった。

それがいいことなのか、悪いことなのか、難しいところである。サンディ自身は気にしていないようだ。ひたすらにテトを構い倒していた。

馬列が北へ向かう。

帰路は馬を広く散開させた。索敵も兼ねて、馬が草を食みながら移動する、のんびりとした旅だ。

出発したのが午後だったため、たいして進まなかった。それでも行軍したのは、兵が馬に少しでも新鮮な草を食べさせたがったからである。

その日は早々に切り上げ、野営の準備をする。

ティグルは、サンディのまわりに兵が集まっていることに気づいた。

手先の器用な兵がつくった木製の玩具を、白肌の少女は嬉しそうに受けとっている。そういえば、黒い子猫の姿がみえない。だから兵が彼女に近寄ることができたのか。

「テトはどうしましたか？」

リムがサンディに訊ねる。

「おでかけ、です！　朝までには、帰るそうです！」

いつもふらりと消えて、しばらく帰って来なかったケットに比べれば、きちんと言づてを残すテトは人ができている、いや猫ができている。

テトとて猫の、そして妖精としてのつきあいがあるのだろう。経験から、ティグルはそう理解していた。

「放っておいて構わないだろうな」

「そうなの、ティグル？」

妖精とのつきあいがないソフィーが訊ねてくるが、重ねて「問題ない」と告げた。

「エレンから話は聞いていたけれど、ティグル、あなたは本当に妖精のことに詳しいのね」

「そう詳しいわけじゃない。ただ、どういう距離でつきあえばいいかは、なんとなくわかるんだ。彼らの求めを無視してはいけない。だからといって、彼らを追ってはいけない。彼らの忠告には耳を傾ける。深入りはしない。それらを守っていれば、そう恐れるものではないよ」

ティグルとソフィーの会話を周囲で聞く兵たちにもわかるよう、この地の言葉で語ってみせる。ソフィーは感心した様子でなんどもうなずいていた。

「今度、テトをぎゅっと抱きしめてみるわね」

「相手が嫌がることはしない、も追加だ」

「他所の飼い猫も、どうしてかわたくしには懐いてくれないのよね……」

過剰な接触を嫌がる生き物は多い。ソフィーの好意が報われるかどうか、ティグルには判断できなかった。

「サンディも、あまり構い倒してくれるなよ」

「彼女は人気者だから、近づくのが難しいわ。大宿営地に戻ったら、きっと部族の女たちが放っておかないでしょう。その前にたっぷりと愛でたいのだけれど」

そのサンディがティグルのもとにやってきた。木製の玩具を両腕いっぱいに抱えている。

「たくさん、貰いました！」

「どれが気に入った？」

「これです！」

木彫りの欠片を丈夫な草で繋げて振ると音が出る棒を、元気よくぶんぶん振る。

どちらかというと部族の男の子が好む玩具だ。とはいえこの集団は男所帯で、女の子が好みそうなものをつくることができるほど器用な兵もいないのだろう。

「お礼を、したいです！　木の実を育てていいですか？」

天の御柱でみた、樹木の実を急速に成長させる力のことだろう。

「あれは、みだりに使わないように。お礼は、言葉だけでいいんだ。子どもに玩具をあげるだけで、彼らは嬉しいんだよ」

サンディは、「なるほどぉ」としきりにうなずく。

「きみだって、俺やリムに無償で果実をくれただろう」

「お父様とお母様に、喜んで欲しかったのです！」

「彼らはそれと同じくらい、きみに喜んで欲しいのさ。だからきみは、存分に喜ぶことだけでいい」

「喜びます！」

サンディは木製の棒を振った。木の欠片と欠片がぶつかる音が響く。音に驚いて、近くの馬がひと声鳴いて逃げ出した。

「うるさい、って言われました」

「もしかして、馬の言葉もわかるのか」

「これを持ったままだと、背に乗せてくれないそうです！」

悲しそうな顔をする。どうやら、本当に会話ができるようだ。いったいどこまでの生き物と話が通じるのか、あとできちんと聞き出しておきたい。

「普段は袋に入れておこう。用意させるよ」

「嬉しいです！　喜びます！」

†

その日の夜は、奇妙なほど風が吹かなかった。

天幕のなかも蒸し暑い。寝苦しさを感じて、ティグルは起き上がった。

横ではサンディとリムが心地よい寝息を立てていた。ふたりを起こさないよう、黒弓と矢筒だけ持って、そっと外に出る。

月が真上に昇っていた。

見張りの兵がティグルをみて、左手を握り胸に手を当てる『一角犀《リノケイア》』式の敬礼をする。

馬上でも簡単にできるのが七部族式で、どの部族もだいたい左手を身体のどこかにぴたりとくっつける。

右手には常に弓を持っているから、自然、そういうことになるのだった。

同じ格好で返礼して、「少しまわってくる」と馬で野営地の外に出た。

ひとりでゆっくりと考えたいことがあった。昨日から今日にかけて起きた様々な出来事について、整理したかった。

ティグルを乗せた馬がゆっくりと夜の草原を闊歩する。

リムと結ばれたことはとても喜ばしい。彼女を生涯かけて守ると心に決めていた。将来のことについてはなんどか話し合っている。

一度はブリューヌに戻って、アルサスの次の領主として、ひとりの貴族として、父と共に責務を果たすことになるだろう。

そこから先のことについては、いろいろな道が考えられる。

ライトメリッツとアルサスは山脈ひとつを隔《へだ》てて隣り合っているから、ブリューヌとジスタート、両国のなりゆきによっては戦となる可能性も残っているのだ。

もっとも現在、ブリューヌはガヌロン公爵の暗殺に伴う混乱で、ジスタートは王の暗殺による後継者を巡った争いで、外に目を向けるどころではなかった。

この混乱が長引けば両国の民は苦しむ。

だが、今のティグルに必要なのは時間だったから、ある意味でこれは都合がよかった。将来、アルサスの領主としてなにができるのか、なにをするべきなのか、その力と知恵をつけるための時間ができた。

サンディの存在によって、さまざまな前提が変わってしまった。

彼女は間違いなくティグルとリムの子どもだ、という確信がある。そうでなくても、自分とリムを親と呼ぶ少女を放っておけるはずもなかった。

天の御柱の一柱が消え、それに代わって現れた存在。

彼女の持つ不思議な力の全貌は、未だ明らかになっていない。

それがもたらす影響など、なおさらである。彼女は普通の生まれではないし、普通の育ちでもないし、そもそも人であるかどうかもよくわからない。

だが、それはティグルの知ったことではなかった。彼女を守りたい。それはこの一日で強い確信と共に抱いた感情だった。

前提として、サンディは、この地で長年、連綿《れんめん》と続いた儀式によって貯め込まれた力、それによって生まれた存在だ。これは黒い子猫テトが保証したことである。

その彼女をこの地の外に連れ出していいものだろうか。まず、それがひとつ、問題として存在する。ティグルが己の故郷であるアルサスに彼女を連れ帰った場合、それはこの地の人々が己の神のために血を流し続けた意味を否定することになりはしないか。

この問題について話し合える相手は少ない。ことがことだけに、公にできない部分が多すぎる。場合によっては、その相手と敵対することになってしまう。

「やっぱり、エリッサか」

彼女なら信頼できるし、そもそもこの地を捨てて故郷に戻り商人に復帰する予定であると公言している。一刻も早く大宿営地で待つ彼女のもとへ帰還するべきだろう。

それ以外だと、カル＝ハダシュトの都で面識を得た神官たちだろうが、彼らに相談した結果として「サンディを引き渡していただきたい」と言われたら……。

藪をつついて蛇を出すことになりかねない以上、慎重な対応にならざるを得ないだろう。

次の問題は、彼女の力が及ぼす影響だ。

今日だけでも、多くの兵が彼女の力をみている。口止めするとしても、限度があるだろう。

これから先も、幼い少女がどこまで己の力を隠蔽《いんぺい》して暮らせるかと考えれば、ひたすらに隠し通すというのは現実的な道ではないように思える。

そもそも、ティグルとリムの特徴を合わせ持つ白肌の幼子である。どうしたって目立ってしまうだろう。

彼女を隠すだけならただちにこの国から離れるのが最上であるが、それはふたつの部族で魔弾《デウリア》の神子となっている今のティグルの立場ではどうしても選べないものだ。

弓巫女であるリムに至ってはなおさらである。無論、エリッサのこともある。『天鷲《アクイラ》』と『一角犀《リノケイア》』の人々と共に暮らし、多少なりとも彼らに対する愛着もできた。

彼らに対する責任を果たしつつ、サンディを守る必要がある。

これが難しい。

ティグルとリムの立場上、この幼子を連れまわせば、それだけで目立ってしまうだろう。親子だと主張するにしても、突然、八歳前後の少女が現れたのであるから、どうしたって無理がある。

ティグルとリムの年齢的にも、ちょっと考え辛い状況であるから、なおさらである。

だから、ものごとの断片だけを話して、それで相手を納得させる。

それが、ティグルとリムが話し合ってひとまず得た結論であった。

森の妖精の導きに従って生まれた存在である、ということにするのだ。嘘はついていないが真実のすべてを話してもいない。無難なところだろうと思う。

ただ、今日の兵士たちの態度、ことに妖精であると明かした黒い子猫テトに対する恐れおののく様子をみると、これも完全な対策とは言えないな、と今となっては考えなおしたくなる。

わりと面の皮が厚そうなテトであっても、人々の態度に対して、少し思うところがあるようであった。大宿営地において、サンディの笑顔が曇るような状況にならないとは限らない。

「彼女が人だ、と胸を張って言えればいいんだけどな」

このあたりについては、もう少し細部を詰める必要があるだろう。

みっつ目の、そして最大の問題がある。

ネリーだ。

弓の王を名乗る者。

この地に貯め込まれた力を使い、なにごとかを為そうとしている者。

その彼女が狙う力をかすめとって生まれたのが、サンディである。この先、そのことを知ったネリーがどういう態度に出るか、喫緊の課題と言っていいだろう。

ネリーは今ごろ、どこでなにをしているのか。彼女はなにを考えているのか。そして、どういう出方をするのか。今ここで、彼女がサンディを奪いに来る可能性もある。

とはいえ、ネリーがサンディの身柄を得たとして、それで彼女になにができるのかはわからない。彼女の目的がティル＝ナ＝ファに肉体を与えることであれば、すでにサンディという肉体を得た存在をどうにかしてティル＝ナ＝ファに変化させる必要があろう。

そんなことができるのだろうか。一応、そのことについては黒い子猫テトにも訊ねてみたが……。

「テトとてすべてを存じているわけではございません。ですが、限りなく難しいであろうことは想像できます」

という返事であった。

限りなく難しい、ということは、不可能ではないということでもある。

ネリーはこれまで、尋常の人ではありえない数々のことを成し遂げてきた。その力の全容は、未だ明らかになっていない。彼女の存在そのものが人の範疇の外に存在しているのではないか、とすらティグルは疑っている。

そんな相手に対して、限りなく難しいから断念するであろう、と予断を持つことは致命的な事態を招くような気がした。

この点についてはリムもソフィーも同意見である。ふたりともネリーと戦った経験を持ち、その異質な力についてよく認識していた。

「ソフィーの竜具《ヴイラルト》の補助を得て黒弓の力を引き出すことを試しておくべきだな」

往路は連日、さまざまな出来事があったため、ソフィーと共に部隊から離れての試射をする余裕がなかった。明日にでも一度、やってみようと心に誓う。

アスヴァールでヴァレンティナと共に試したときは、軍からかなり離れて行ったにもかかわらず、遠くからでもその暴威を観測できたという。

そのあたりも考えて、かなり距離をとる必要があるだろう。試射もなしに本番を行って、万一失敗しては目も当てられないことになる。

自分たちの命のみならずサンディの安全もかかっているとなれば、なおさらであった。

「全部、考えすぎならいいんだけどな」

理想は、今、ティグルが抱いている懸念がすべて外れていることだ。

人々はサンディを受け入れ、彼女がジスタートやブリューヌに連れていかれても一向に気にせず、ネリーはこれ以上のこの地への干渉を諦める。七部族は争いをやめ、平穏のうちに次の双王《そうおう》が決定し、その者がこの地を安定させる。

エリッサはすべての役目を終えて平和裏に弓巫女をやめ、ジスタートに帰還する。それにティグルとリム、サンディも同行する。

じつに理想的だ。完璧と言ってもいい。

悲しいことに、その理想は実現しないだろうという、奇妙な確信がある。

すべてが上手くいかないとは思わない。

しかし障害は必ず発生するだろう。それが想定内のものであればよい。まだ対処を熟慮する余地がある。

しかし想定の外にある事態が襲ってきて、考える余裕もなければ……。そのとき処置を誤れば、すべてが水泡に帰す恐れもある。

ティグルはあらゆる事態を想定し、考えを巡らせる必要があった。

可能性の低いことも含めて考察を深めていれば、似たような事態に際して迅速に動くことができる。

それが博打における種銭さ、と教えてくれたのはティグルが狩りの基礎を習った熟練の狩人であった。ティグルは彼から、狩りにおける心得と博打の無益さをよく学んだ。

馬が野営地のある小高い丘の周囲を一周する。

ふと、ティグルは馬を止めた。かすかな腐臭が鼻孔《びくう》をくすぐる。違和感があった。弓に矢をつがえる。

その瞬間、闇から細く鋭い矢のようなものが何本も飛んできた。とっさに身をよじり、馬から落ちることで難を逃れる。馬がかん高い声で鳴いた。馬の腹に突き刺さったものをちらりとみる。投擲用の小型の短剣だった。

「鉄鋏隊《てつきょうたい》の残党か！」

馬が苦悶の声をあげて転倒する。やはり短剣の刃には毒が塗ってあるのだろう。

背の高い草の間から全身黒ずくめの男たちが飛び出してくる。

その数は、四。

ティグルは後ろに跳躍して距離をとりながら、二本、たて続けに矢を放った。矢は見事、ふたりの男の喉に突き立ち、哀れな犠牲者は蛙が潰れるような声をあげて倒れ伏す。

残りのふたりは同僚の死を前にしてもいっさい動じることなく、ティグルに突進してくる。黒光りする短刀を腰だめに構え、身体ごとぶつかってくる。

普通の相手であれば、それでも距離が詰まる前に次の矢をつがえ、放つことができただろう。だが、この鉄鋏隊の突進はとうてい人が出せる加速ではなかった。まるで獣のように、人の限界を超えた動きをしている。

よくみれば、彼らの目は血走り、焦点を結んでいなかった。口からはよだれが垂れている。およそ正気の沙汰ではない。

「薬か！」

ティグルはとっさに、敵がなんらかの麻薬によって己の身体を強化していることを理解した。だがそのときにはすでに、男たちに接近を許してしまっている。

黒弓を盾にして、ひとりの短刀を弾いた。

しかし残るひとりは、弾き飛ばされた同僚を顧みることもなく、しゃにむに突進してくる。なんとしてでも、ティグルの身体に短刀を突き立てようとする。

かわせない。ティグルは次の瞬間の苦痛を覚悟した。

だがそのとき、草むらから黒い小さな影が飛び出した。

黒い小さな影は、ティグルに向かってきた男の顔に張りつく。黒猫テトであった。テトは鋭い爪を立てて男の顔を掻きむしる。

たまらず、男が体勢を崩した。

ティグルはその隙に距離をとり、弓に矢をつがえて放つ。

男は黒猫を刃で切り裂こうと振りまわすが、テトは素早く飛び退り、難を逃れた。暴れるその男の心臓にティグルの矢が突き刺さる。

男は獣のような唸り声をあげて倒れた。

残るひとり、ティグルが黒弓で短刀を弾いた相手は、体勢を立て直して予備の短剣を引き抜くと、素早い動作でそれを投擲してくる。

ティグルはそれを身をすくめてかわす。

低い姿勢で弓を横にして矢を放った。最後のひとりが脳天に矢を受け、絶命する。

夜の草原に残った音は、虫の鳴き声だけだった。

四人の刺客を始末したのだ。

ティグルは荒い息をついて立ち上がる。馬をみれば、すでに口から泡を吹いてことされていた。この馬のおかげでティグルは身を守ることができた。

「ありがとう」

馬の腹を撫でて、心からの感謝の意を示す。

それから、黒猫に振り返った。

「テトもありがとう。きみのおかげで命拾いした」

「感謝には及びません。これはテトの失策でございます」

「失策？」

首をかしげれば、テトは「簡単な払いの力を用いていたのでございます」と告げる。

子猫はティグルの服を足がかりとして、素早く頭の上に飛び乗った。一両日で、これもすっかり定位置となってしまった。ティグルとしてはたいへん不本意である。

「ですが、その力を用いる前に、すでに接近している者たちがいたとは。まったくもって、これはテトの不覚でございます」

「人が近づかないように結界を張った。しかしその前に接近されていたから、こいつらに対してはそれが無効だったってことか」

「はい。この先、下僕たちが本来の宿とする地に戻るまで、ほかの下僕の集団とはいっさい接触せずに動くことでございます」

「ずっと、きみがその力で守ってくれるということか」

「ずっと、ではございません。一時的なもの。下僕たちを追跡する者があっても、その足跡を見失うというものです。そのためには、こちらからも接触せぬこと、姿を認識させぬことが肝要。故に万一のことを考え、隠密をよしとしなさい」

たしかに身をもって理解させられた。

それが今回のような奇襲を懸念してのものなのか、それとも鉄鋏隊とは別に差し迫った危機があるのかはわからない。

これで懸念のひとつである、大宿営地に辿り着く前に襲撃されサンディを奪われるという可能性がいくぶんでも低くなったことは朗報だろう。

「ありがとう、テト」

「どういたしまして。下僕はもっとテトを褒めてよろしいのですよ」

ティグルはテトを頭に乗せたまま野営地に戻った。テトの姿をみた兵が少し後ずさる。ティグルは笑った。

「この子に命を救われたよ。鉄鋏隊に襲われた」

兵は顔色を変える。

「まだ残党が……」

「彼らが最後だと思いたいな」

ティグルは鉄鋏隊の死体がある方角を告げた。馬と共に埋葬するよう命じる。

さっそく数名の兵がそちらに駆けていった。

残りの者たちを見まわし、「それに」と言葉を続ける。

「この子は、きみたちの命を守るために働いてくれているんだ」

「どういうことでありましょうか、魔弾の神子様《デウリア》」

「信頼できる、善い妖精だと考えて欲しい。猫のご飯を持ってきてくれないか」

「かしこまりました！」

テトがいつ帰ってきてもいいように、それ用の餌はとりわけておいた。兵にそれをとってこさせ、彼らのみている前でテトに食べさせる。

「味が濃いですが、悪くはありませんね。これからもテトに適度な供物をよこしなさい」

子猫は満足そうに鳴いた。

ティグルにだけ聞こえる声を除けば、ごく普通のかわいらしい子猫である。兵のひとりが、おっかなびっくり、子猫に手を差し出す。テトはその手をぺろりと舐めた。

「下僕の奉仕には報いるのがよい主人というものです」

テトは傲岸不遜《ごうがんふそん》な声で告げ、かわいらしく鳴く。

兵たちが相好《そうごう》を崩した。

間話2

われが手を叩いて笑うのが、そんなにおかしいかい？

うん、してやられたね。見事な差配《さはい》だ。いったい誰が主導したのかな。われのものになるはずだったものが、こうもするりと掌からすり抜けていくとは。

これだから面白い。

そう、われの計画はあと少しで完遂されるはずだった。この地に貯め込まれた力を使い、この地の死したる神の名をティル＝ナ＝ファと大地に誤認させたうえで、これを蘇らせる。それによって、ティル＝ナ＝ファの降臨となす。

われの愛しきあのかたに、降りていただくのだ。もう一度、あのかたをひと目みられるなら、どのようなものとて捨ててみせよう。

愛とはそういうものだろう？

違う？　まあいいさ。愛のかたちは、ひとそれぞれだ。われにとっては、それこそが愛であるというだけのこと。

残念なことに、当初の計画は修正せざるを得なくなったわけだけどね。

いやはや、あの子に余計な示唆《しさ》を与えすぎてしまったかな。どうせ、なにかできるわけでもないだろうと侮《あなど》りすぎていたか。

わかっているさ。ここまで来て、なにもせず終わるわけにはいかない。

あまりやりたくはなかったが、こうなったらとことんまでやらせてもらおう。

この島のすべての民を巻き込んでね。

幸いにして、すべての力が根こそぎこの大地から失われてしまったというわけではない。すべてがかの地に集まっていたというわけでもない。まだ、われが使うことができる力も残っている。それは本来のわれの目的にとってあまりにも乏しいものだが、これからわれが為す程度のことであれば、なんとか足りるであろう分量だ。

なにをするか、気になるかい？

ただ、皆に素敵な夢をみてもらうだけさ。

いいじゃないか。どのみち、この地の人々は、この島に移り住んだとき、自らを贄《にえ》とするという契約を神と交わしたのだから。今更、それは反故《ほご》にはできない。せいぜい、利用させてもらうとするさ。

ただ、まあ。

本当に贄となるのが誰なのかは、わからないけどね。

エピローグ

エリッサは夢をみた。

夢のなかで、大地は闇に包まれていた。永遠に夜が続く世界であった。森が広がり、妖精たちが草原に溢れだしていた。緑の燐光が夜空できらきら瞬いていた。夜空には無数の星が瞬き、その頼りない明かりの下、人々は不安そうな表情で周囲を見渡していた。

呆然と眺めるなか、草原で一本の新芽が生まれた。それはみるみる成長し、見上げるばかりの木となった。赤い果実が実って、みるみる膨らんだ。

おいしそうな果実だなと思ったエリッサは木のそばに寄った。果実が落ちてきて、慌てて両手を伸ばし、空中でそれを拾った。掌いっぱいに広がる、熟れた柔らかい果実であった。甘い匂いが周囲に漂った。

おそるおそる、果実を口に運ぶ。

歯で皮を噛み破ると、口のなかに水分が溢れた。瑞々しい果肉を夢中で咀嚼《そしゃく》する。

「おいしい」

思わず、そう呟《つぶや》いていた。

「こんなにおいしい果物があったなんて。ぜひ、先生にも食べてもらいたいですね。それから、

「ティグルさんにも」

　そう言ったとたん、強い眩暈《めまい》を覚えた。どこからか、声が聞こえる。

「崇《あが》めよ」

　知らない声だった。男の声もあれば、女の声もあった。皆が口々に、「崇めよ、讃えよ」と繰り返していた。それは草原の彼方から聞こえてきているようだった。

　エリッサはゆっくりと歩み始めた。声の方へ向かって。


　草原の一角に人々が集まっていた。

　数万人はいるように思えた。男も女も、子どもも老人もいた。皆が熱狂的にひとつの方角を向いて、跪《ひざまず》き、祈りを捧げていた。

「崇めよ、讃えよ」

　そう、人々は繰り返す。エリッサは彼らの脇を通って、彼らが祈る先をみに行った。


　ひとりの少女が、小高い丘の上に立っていた。

　金髪碧眼の、白い肌をした少女だった。

　少女の顔には、どことなくリムとティグルの面影があるような気がした。だが、ふたりのような明るさはまったくなく、その表情は石像のようにかたまっていた。

少女がただそこにいるだけで、周囲に闇が集まっているような気がした。それでいて少女自身は、いつの間にか天に昇っていた月の輝きを受けとめ、銀色に輝いていた。

少女が、みじろぎする。周囲の闇が蠢《うごめ》き、エリッサは息苦しさを感じた。暑くないはずなのに、汗が頬をしたたり落ちる。後ろにいた人々がエリッサのそばまで歩み寄り、そこで少女に対して跪いた。

エリッサは、なんとなくそれが気に喰わなかった。傲然《ごうぜん》と己をみおろす少女に対して、まっすぐ視線を合わせた。強い恐れを覚えて全身が震えたけれど、そんなもの知ったことかと、傲岸不遜《ごうがんふそん》にあごをそらしてみせた。

それに対して、少女は相変わらず、無表情にこちらを見下ろすだけだった。周囲の者たちはエリッサのことなど目に入らないかのように、相変わらず跪き、目を伏せて、ただひたすら祈りの言葉を呟いていた。

その祈りの言葉のなかで、ひとつの単語を耳にした。

「ティル＝ナ＝ファ」

エリッサには、そう聞こえた。口のなかで、その名をなんどか呟いてみる。ティル＝ナ＝ファ。それはどうしてか、丘の上の少女にふさわしい名のような気がしてならなかった。

だが、それはおかしい。

だってエリッサは、その名をすでに知っている。それはジスタート人である彼女にとっては当然、神の一柱の名として記憶しているはずのものなのだから。あの丘の上に立つ少女の名であるはずがないのだから。

たったひとつの例外を除けば。神がこの地に降り立ったのでもなければ。

ああ、と理解する。唇から漏れる吐息が、熱い。

頬が紅潮するのがわかる。

なぜ、闇に覆われているのか。今ならわかる。夜《よる》の帳《とばり》が昼をも包むのか。今ならわかる。

人々が少女に対して跪くのも、今ならわかる。

神が降りたのだから、それも当然のことだった。

人の世が終わったのだ。

この大地を支配する法則が変化したのだ。

それこそ、この光景の意味するところであった。

「これは夢ですね」

改めて、己に言い聞かせるように呟く。

「夢であってください」

そう、強く願った。

これはありえないはずの光景であった。

いや、あって欲しくない光景であった。

いっそ、けっしてあってはならぬ光景であった。

「こんなこと、駄目です。許してはなりません」

そう、強く告げる。

そこでふと、違和感を覚えた。周囲を見渡す。

よくみれば、跪く人々のなかに見知った顔があった。ナラウアスがいた。ガーラがいた。その多くは『天鷲《アクイラ》』と『一角犀《リノケイア》』の人々であったのだ。

だがそれ以外の者たちもいた。『黒鰐《ニーゲラ》』の魔弾の神子《デウリア》であるマシニッサの姿があった。その横には、『黒鰐《ニーゲラ》』の弓巫女《アルディア》もいた。『森河馬《ハイポータ》』の弓巫女の姿もあった。それら他部族における、顔を覚えている戦士たちの姿もあった。

いつの間にか、少女の立つ丘のまわりには無数の人々が集まり、その数は今やエリッサからみえる範囲だけでも十万を超えていた。反対側にも同じだけの者がいるだろうことは明らかであった。おそらく、カル＝ハダシュトの騎馬の民、七部族と小部族のすべてがここに集まっているに違いなかった。

いや、さらによくみれば、商家の人々もいた。

エリッサはそのなかに、カル＝ハダシュトの都で己を案内してくれた神官たちの姿を認めた。

彼らのもとに歩み寄り、跪く彼らのそばに立つ。

「なぜ、あなたがたがあの神を崇めるのですか」

「われらの神であらせられる」

「あなたがたは、この地の神、名を失った神の神官でしょう？」

「それこそまさに、われらの神であらせられる」

エリッサはふたたび丘の上の少女をみあげた。

「あの子が」

ティル＝ナ＝ファが。

不意に、違和感の理由に気づく。この地の神をティル＝ナ＝ファであると、ティグルに吹き込んだ者がいた。この地の神にティル＝ナ＝ファという神の名をかぶせ、誤認させようと試みる存在について、心当たりがあった。

「ネリー！」

エリッサは叫んだ。

「これは、あなたの仕業ですね！」

どこからか、女の高笑いが聞こえてきた。

それは、はたして。

ネリーの笑い声だった。

†

その日、『天鷲《アクイラ》』の大宿営地は、朝から騒々しかった。

皆が、夢の話をしていた。己がみた夢を隣の者もみたのだと、いや大宿営地の皆がみたのだと、興奮した様子で話し合っていた。

男が、女が、老人が、子どもが、あまりにも不吉な夢の話をしていた。彼らの語る夢の話は、細部こそ違えど、いずれもその大枠は同じだった。

夜が続く夢である。神が降臨した夢である。ティル＝ナ＝ファ、という言葉があちこちで聞こえてきた。不思議な響きの言葉だ。これまで聞いたことがない言葉だ。いや、だがどこかで聞いたことがあるような気もする。どこだっただろう。思い出せない。ああ、気になるな気になるな……。

ティル＝ナ＝ファ。

それがどこの言葉でどんな意味を持つのか、ほとんどの者はそれを知らない。なぜなら昨日まで、それはこの南の島において、ごくごく一部の者しか知らぬ言葉であった。

はるか遠く、北大陸《ネステール》の一部の国で信仰される神の一柱にすぎなかった。

エリッサは、それがジスタートとブリューヌで信仰される神であり、ティグルの黒弓となんらかの関わりがある存在であることを知っていた。

そして、先日の出来事をエリッサは忘れていない。ネリーがティグルに対して、「この地の神の名はティル＝ナ＝ファである」とたばかった、あの一件を。

今回もまた、ティル＝ナ＝ファの名前が出てきた。

これが偶然のはずもない。

「まったく、厄介なことをしてくれますね……」

エリッサはため息をつくと、己の天幕から出た。

夢の話に夢中になっている人々の間を通り過ぎ、己の馬の世話をしているナラウアスをみつけて声をかける。

「昼までに早馬を出してください。『一角犀《リノケイア》』と、ほかの部族、近くで所在が判明している小部族も、それとカル＝ハダシュトの都にも」

「夢のことを訊ねるのですね」

「はい。夢の内容についてと、心当たりについて。噂《うわさ》になっていることがあれば、それもお願いします」

「こちらから、なにか伝えることはありますか」

「いえ、今は情報を集めることに専念してください。具体的な手を打つのは、ティグルさんと先生が戻ってきてからにしましょう」

私は政が苦手ですから、得意な人に任せるのです、と心のなかでそうつけ加える。

ティグルとリムがいなければ、あるいはエリッサも、部族を導く者として、今の時点でもっとはっきりした一手を指したかもしれない。

だが今のエリッサには、心強い仲間がいた。彼女が気を張って、その拙《つたな》い判断にすべてを賭ける日々は終わった。

ティグルとリム、それにソフィー。彼らの判断は、ただの商人にすぎないエリッサのそれよりもずっと信頼のおけるものであった。

「あれは、いったいなんなのでしょう。皆が一斉に同じ夢をみるなどということが、はたしてありえるのでしょうか」

ナラウアスが言う。

「さて、ありえるのか、ありえないのか、私にはわかりません」

エリッサはそれに対して、中立の立場で返事をする。そのうえで、こう告げた。

「実際にあったのですから、あとはどこまでの人々がこの夢をみたのか、という問題になります。それと、誰がみせたのか。どういう目的でみせたのか」

「誰かが仕掛けたことだと、そうおっしゃるのですか」

「ええ、もちろん」

エリッサには確信があった。これはネリーの仕掛けたものである。だが、そのことはまだ、ナラウアスには告げない。いくつか難しい問題がある。

「だって、全員が同じ夢をみるなんて、あまりにも不自然でしょう？」

「それこそ、神のお告げでは」

「かもしれませんね」

神がおわすなら、とこれも心のなかでエリッサはつけ加える。彼女にとって、人々の信仰とは、心のありようを示す指標のひとつに過ぎなかった。神がどこかにいるとしても、それが自分と関わってくるなど想像もしていない。

ありていにいって、神様が通貨の価値を保障してくれるわけではないのだから、そんな存在のことをありがたがる意味はないのだ。

だからエリッサは、あくまでもこの超常の事象について、なんらかの策謀であると考えている。それもおそらくは、ネリーという特定の人物が関わっている策謀であると。

彼女に対抗するのはティグルとリムとソフィーである。自分はその補佐にすぎないと、そういう理解をしていた。

「ティグルさんたちは、予定通りなら、あと数日で帰還するはずです。できれば、そちらにも連絡をとってください。駄目でもともと、で構いません」

「周辺部族への聞き取りも兼ねて、いくらか部隊を割《さ》きましょう」

ナラウアスはエリッサに対してなにか言いたそうだった。エリッサは微笑んでみせる。

「心配せずとも、所詮、夢は夢です。あのような光景が実際に起こることなど、けっしてありえません。ただの脅しのようなものでしょう」

「弓巫女様は、まったくそう思っておりませんね」

「そこは、上手く騙されてくださいよ」

「では、せめて周囲の者たちが騙されるくらい平然としていてください」

ナラウアスにそう言われて、エリッサは顔をしかめた。自分はそんなに、考えていることが顔に出ていただろうか。おおきく深呼吸した。それでようやく、未だ全身が小刻みに震えていることに気づく。

苦笑いする。こんなことでは、部族の民の誰ひとりとして安心させられないだろう。

自分が動揺すれば、それは『天鷲《アクイラ》』の全体に伝わってしまう。

「忠言、感謝します」

さて、とエリッサは考える。

これからなにが起こるのだろうか。ネリーのこの一手には、どんな意味があるのだろうか。

自分たちは、これに対してどんな手を返せばいいのだろうか。

ひとつだけ、わかっていることがある。

「ティグルさん、先生。ネリーはまだ、ちっとも諦めていませんよ」

エリッサはネリーの性格に詳しいのだ。

あとがき

こんにちは、瀬尾《せお》つかさです。

魔弾の王と天誓《てんせい》の鷲矢《アクイラス》の2巻、ようやく皆さまにお届けすることができました。

舞台は大都市カル＝ハダシュトの都から広大な草原に戻ります。

見晴らしのいい平地での、弓騎兵を主力とした部族の旅、弓騎兵同士の激しい戦い、森を支配する妖精との対話、弓の王を名乗る者の陰謀、そしてティグルとリムの関係が……と盛り沢山の内容でお送りいたします。

物理的にも天が近い南の大地におけるティグルたちの大活躍、お楽しみいただければ幸いです。


宣伝です。

この物語の前作となる魔弾の王と聖泉《せいせん》の双紋剣《カルンウエナン》の漫画版が、漫画家bomiさんの素敵な筆によって、この本と同時に発売されます。

この漫画版双紋剣に関しては、小説と漫画ではいろいろ表現に違いがある、ということで、川口士《かわぐちつかさ》とも相談し、構成段階でおおきく手を入れさせていただきました。
よろしければ是非、お手にとって、比べてみてください。

お礼を。
イラストを描いていただいた白谷《しらたに》こなか様、エリッサにリム、そしてソフィーのかわいいイラストの数々、今回も本当にありがとうございました。

※

よろしければ、ブログ遊びに来てください。
ＵＲＬは http://blog.livedoor.jp/heylyalai/ となります。

Special illustration
白谷となか

ニコニコ漫画「水曜日はまったり
ダッシュエックスコミック」にて好評連載中
魔弾の王VS魔弾の王
異国の地でティグルとリムは
かつてない敵との戦いに挑む
『魔弾の王と聖泉の双紋剣』
待望のコミカライズ！
漫画＝bomi
1
魔弾の王と聖泉の双紋剣《カルンウェナン》
コミックス1巻
好評発売中！

ダッシュエックス文庫

魔弾の王と天誓の鷲矢《アクイラス》2

瀬尾つかさ　原案／川口 士

2022年4月27日　第1刷発行

★定価はカバーに表示してあります

発行者　瓶子吉久
発行所　株式会社　集英社
〒101−8050　東京都千代田区一ツ橋2−5−10
03(3230)6229(編集)
03(3230)6393(販売／書店専用) 03(3230)6080(読者係)
印刷所　図書印刷株式会社

ISBN978-4-08-631466-4 C0193